U0033205

清朝社會的面影：

清代野記

張祖翼 原著

蔡登山 主編

編輯說明

本書曾在一九一四年出版，當時原書名為《清代野記》。今重新點校、分段整理出版後，書名改為《清朝社會的面影：清代野記》，特此說明。

導讀　張祖翼和《清代野記》

蔡登山

《清代野記》記載有清一代，尤其是晚清中咸豐、同治、光緒、宣統四朝之事居多，因此初名《四朝野記》。其中談到如政治、經濟、外交、軍事等朝廷大事，也有是文藝、交遊、人物、風俗等鄉曲巷談，以及官場百態、社會奇聞等。而這些都是作者親歷親見或聽聞他人者，若是聽聞者必標明其來源，因此並非鑿空之言。以其內容豐富，記載翔實，有較高的史料價值，也為研究清史者多所徵引。

《清代野記》作者署名「梁溪坐觀老人」，據掌故家徐一士在《一士談薈》書中引坐觀老人《清代野記》，並於括弧中注明作者即張祖翼，而黃濬（秋岳）的名著《花隨人聖庵摭憶》也說「《清代野記》二卷，署為『梁溪坐觀老人』。所言晚清軼聞頗具本末，傳作者為桐城張逖先祖翼」。但兩人並沒有進一步的說明何以是張祖翼。

而學者李晉林寫過一篇〈《清代野記》作者考辨〉，認為《清代野記》書中有提到他與《王氏字貫》的作者王錫侯是同鄉，因而推斷《清代野記》的作者為江西新昌人熊亦奇。

但學者張憲光根據張祖翼自撰〈清故遺民桐城張處士墓誌銘〉開篇即云：「其先出自江西鄱陽，明永樂間歲饑，始祖諱貴四遷桐，遂為桐人焉。」是張祖翼祖籍是江西鄱陽，後才遷安徽桐城。而張憲光又根據〈清故遺民桐城張處士墓誌銘〉來和《清代野記》相互比對，發現其中不少內容與《清代野記》若合符節。因此認為「坐觀老人」即張祖翼也。

張祖翼（一八四九－一九一七），字逖先，號磊盦、磊龕等，安徽桐城人。而據安徽省文物鑑定站研究員張耕的文章說：「張祖翼出生在江蘇無錫蕩口鎮，蕩口張氏族派蕃衍，在當地是有名的大家族，而此張氏是桐城清河張氏外遷的一支，係清康熙年間文華殿大學士張英長子、翰林院待讀學士張廷瓚後裔，張祖翼是張英第八代孫。」而江蘇無錫城西有梁溪，古人因以梁溪別稱無錫，此又是「梁溪坐觀老人」是張祖翼之一證據。

根據張耕說一九三三年桐城清河張氏家譜「祖翼」條下：字逖先，號磊盦……生道光乙酉年（一八四九）閏四月二十八，卒民國六年（一九一七）丁已二月二十一日……在大清王朝鼎盛的康、雍、乾三朝曾有「四代十翰林，三代十高官」之譽，詩禮傳家之風當然也為張祖翼之父所繼承，張祖翼青少年時即「負笈泰州」（《清代野記》），開始求學功名之路。後又受業於時任廬州知府的山西代州大儒馮志沂，然而每每科場時名落孫山之外，終就不得其志。

從《清代野記》中，我們似乎可以找到一些蛛絲馬跡。張祖翼的父親在咸豐十一年

（一八六一）冬，入勝保潁州戎幕，勝保字克齋，滿洲鑲藍旗人，清末重要將領。因此他親見勝保之居功自傲，恣欲奢侈。他在書中的〈勝保事類記〉有詳細的記載。而同治二年（一八六三），勝保以「諱敗為勝，捏報戰功，挾制朝廷」等多條罪狀，被賜死。又經多年後，張祖翼隨父親入皖撫喬松年幕，並授業於代州馮志沂。「學為詩古文詞及篆隸，知金石碑版之學。」光緒元年（一八七五），恩科順天鄉試，赴京應考。秋闈報罷，二十六歲的張祖翼又在桐城光熙家做館師，光氏雖書史無名，但是這位進士書法高妙。作品雖有廟堂氣象，但筆法精純，雅潔的「二王體」，絕非館閣能手而能企及。張祖翼「九應鄉舉不第」，而他在京時與滿州名士覺羅炳成過從甚密。覺羅炳成孤潔傲世，自號半聾，他對於滿人習俗，宮廷秘事極為諳熟，因此書中許多秘聞軼事，都得自於此「滿州老名士」。

張祖翼是最早走出國門看世界的清朝名士之一。光緒十二年（一八八六）至十五年他隨駐英公使劉瑞芬出使英倫，這在《清代野記》中都有提到，如「余隨使泰西時，道出新加坡」、「時余亦隨使英倫，親見之，悉其詳」、「逮至英倫，見使署舊日檔案，始知廓爾喀當日舉兵……」等等。又駐英大臣曾紀澤在日記中三次提到張祖翼，分別是光緒十二年三月二十七日（一八八六年四月三十日）在使館見張逖先（祖翼），而同年六月二十日曾紀澤寫一函給張祖翼。七月二十八日曾紀澤自外返倫敦抵維多利亞車站，張祖翼去迎接。

張祖翼在英國期間，把所見所聞的英國政治、經濟、民情、風俗寫成詩歌九十九首，回國後結集為《倫敦竹枝詞》等書出版，署名「局中門外漢」，曾名噪一時。朱自清在一九三三年的一篇文章〈倫敦竹枝詞〉中說：「『春節』時逛廠甸，在書攤上買到《倫敦竹枝詞》一小本。署『局中門外漢戲草』，『觀自得齋』刻。慚愧自己太陋，簡直沒遇見過這兩個名字，只好待考。」『觀自得齋』是徐士愷的齋號，一般人比較熟悉，但「局中門外漢」則罕人道及。直到一九八二年錢鍾書在〈漢譯第一首英譯詩《人生頌》及有關二三事〉一文中，談到斌椿《海國勝遊草》，稱其「頗可上承高錫恩《夷閨詞》，下啟張祖翼《倫敦竹枝詞》」。錢先生僅以腳注形式說：「光緒十四年版《觀自得齋叢書》署名『局中門外漢戲草』的《倫敦竹枝詞》是張祖翼寫的，《小方壺齋輿地叢鈔》再補編第十一帙第十冊裡張祖翼《倫敦風土記》其實是抽印了《竹枝詞》的自注。」但由於沒有進一步考證，故沒有引起大多數研究者注意。

根據劉瑞芬的奏稿，光緒十五年（一八八九）四月，張祖翼期滿銷差回國。而後來他又入端方的幕府，《清代野記》中有篇記載〈端忠敏死事始末〉，學者張憲光認為「不僅記事周詳，而且蘊含著很深的情感，為端方說了不少好話，出自其身邊人無疑。而祖翼則是端方生命後期的座上賓，與李葆恂一起為他審定碑版，撰寫題跋，臺灣中研院史語所傅斯年圖書館所藏端方舊藏碑帖多有張、李二人題跋。」又根據他的〈清故遺民桐城張處士墓誌銘〉云：「會端忠敏督兩江，乃禮之幕下，未二年，忠敏罷。宣統三年，再起為鐵路大臣，處士隨之武昌，若有朕兆促其歸者，果至中秋而難作，忠敏殉資州之難矣。國變後蟄居無錫蕩口鎮，閉門著書，鬻文字以供朝夕，成《磊盦金石跋尾》八卷、《金石後編》二十四卷、《偽石考》一卷、《碑行》二卷、《增校漢石存目》二卷、《語石校勘記》一卷、《詩文存》二卷，有印行者。」

由此觀之，張祖翼是一位嚴謹的學者、金石碑版研究專家、書畫家。張耕說：「在書法創作中，他總是有理論建樹之言。所以他有《磊盦金石跋尾》、《集書漢碑範》、《磊盦甯遊題跋》這樣的金石研究著作，同時還有《清代野記》、《倫敦風土記》這樣的文史札記、隨筆體的著作。」張祖翼長期寓居海上，時與吳昌碩、高邕之、汪洵，同稱海上四大書法家。他最早提出「海上畫派」的名目。偶寫蘭竹，俱有韻致。力充氣足，望而知為書家筆也。張祖翼是近代書法名家，「補白大王」鄭逸梅在《藝林散葉》書中云：「張祖翼與吳昌碩，皆工書，皆有金石癖，且皆肥碩，又矮而無鬚，見者咸誤為閹人。」張祖翼現存的不少條幅墨蹟仍可見題為「桐城張祖翼」。

張祖翼在《清代野記》的〈例言〉中說，「凡朝廷、社會、京師、外省事無大小，皆據所聞所見錄之，不為鑿空之談，不作理想之語」，「所聞之事必書明聞於某人，或某人云」，可見其態度之審慎。《清代野記》行文簡潔，長於刻畫人物，於清朝後期種種貪弊腐朽之處多所暴露，保存了許多珍貴的社會史料。包括重大歷史事件，有清人軼事，有典章制度，還涉及優伶義舉、書賈著書、藝人絕技、輓聯巧對，甚至賭棍、騙子、強盜、小偷的種種情態等等。包羅萬象，儼然是一幅晚清社會生活的全景圖。

例言

一、本記以咸、同、光、宣四朝之事居多，初名《四朝野記》，茲以四朝未能並包，故易今名。

二、凡朝廷、社會、京師、外省事無大小，皆據所聞所見錄之，不為鑿空之談，不作理想之語。

三、所聞之事必書明聞於某人，或某人云。

四、前清之事有聞必錄，不分先後，故有咸豐朝之事而錄於光緒後者。

五、此記中近三十年事，所聞所見，當時有所忌諱而不敢記者，今皆一一追憶而錄之。

六、仿明代祝枝山先生《野記》而作，祝記言有明一代之事，此則為有清一代之事，而詳於咸豐已後。

目次

卷上

第二卷　卷上二

卷中

第五卷 卷中二一 117

卷下

第八卷　卷下二　176

第九卷　卷下三　202

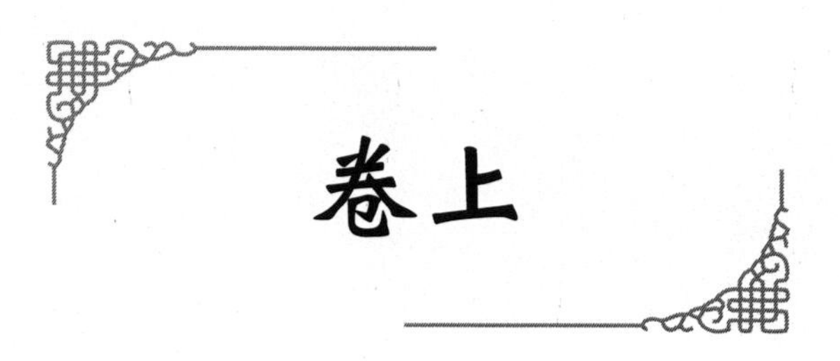

卷上

第一卷　卷上一

親王秉政之始

清祖制，親王皇子等毋得干預政事；與大學士相見行半跪禮，稱老先生，如兼師傅者，或稱老師，自稱或門生或晚生，從未有稱大學士之別號，如嗣醇王載灃呼李文忠曰少荃者。

當文宗崩，穆宗孩提，天下又不靖，慈安柔順不敢負重任，慈禧位卑又恐不孚人望，思得一重望之親貴佐理之，於是廷議推奕訢為議政王，總理軍機大臣。此本為權宜之計，非永遠定制也。

奕訢既議政，本有百官總己之權，於是向之以老先生、老師稱大學士者，遂一變而為官稱，如稱李文忠為李中堂，左文襄為左中堂，猶不敢龐然自大，直呼其別號者。而大學士之對於奕訢，則自稱晚生矣。奕訢去位，親貴執政為定例，以迄於亡。

文宗密諭

清文宗在熱河，臨危之際，密授硃諭一紙與慈安后，謂某如恃子為帝，驕縱不法，卿即可按祖宗家法治之。

及文宗崩，慈安以之示慈禧，殆警之也。而慈禧慄慄危懼，先意承志，以事慈安，幾於無微不至，如是者數年，慈安以為其心無他矣。

日者慈安嬰小疾，數日，太醫進方不甚效，遂不服藥，竟癒。忽見慈禧左臂纏帛，詫之。慈禧曰：「前日參汁中曾割臂肉一片同煎，聊盡心耳。」慈安大傷感，泣而言曰：「吾不料汝竟如此好人，先皇帝何為尚疑汝哉！」遂取密諭面慈禧焚之。嗣是日漸放肆，語多不遜，事事專權，不與慈安協商。慈安始大悔，然已無及矣。

光緒二年春夏間，京師忽傳慈禧大病，不數日，聞死者乃慈安，而慈禧癒矣。或曰慈禧命太醫院以不對症之藥致死之。喪儀甚草草，二十七日後一律除孝，慈禧竟不持服，大臣進御者仍常服。國母之喪如此，誠亙古未有也。

予時在京師，主光侍御宅，故知之。

滿漢輕重之關係

清初定鼎以來，直至咸豐初年，各省督撫滿人居十之六七。自洪、楊倡亂，天下分崩，滿督撫殉節者有之，而敢與抗者無有也。會文宗崩，廷議請太后垂簾，恭親王輔政，乃變計汰滿用漢。

同治初，僅一官文為湖廣總督，官文罷，天下督撫滿人絕跡者三年。逮英果敏升安徽巡撫，亦碩果耳。當同治八、九年間，十八省督撫提鎮為湘淮軍功臣占其大半，是以天下底定，各國相安，成中興之業者十三年。

及恭王去位，瞽瞍秉政，滿人之燄復張。光緒二十年後，滿督撫又遍天下矣，以迄於宣統三年而亡。恭王可謂識時務之俊傑哉！

肅順重視漢人

重漢輕滿者，非漢人也，滿人也。以肅順之驕橫，而獨重漢人文士，搜羅人才汲汲不可終日，亦不可解。其對於滿員，直奴隸視之，大呼其名，惡語穢罵無所忌。一見漢吏，立即改容致敬，或稱先生，或稱某翁、某老爺。其索賄也亦惟滿人，若漢員之一絲一粟，不敢受也。豈若後來奕劻、載洵輩無人不收哉？

是以人心未去，同治初元，猶有中興之望也。

文宗批答一

咸豐季年，天下糜爛，幾於不可收拾，故文宗以醇酒婦人自戕。其時有雛伶朱蓮芬者，貌為諸伶冠，善崑曲，歌喉嬌脆無比，且能作小詩，工楷法。文宗嬖之，不時傳召。有陸御史（相傳即常熟陸懋宗，不知是否）者亦狎之，因不得常見，遂直言極諫，引經據典，洋洋數千言。文宗閱之，大笑曰：「陸都老爺醋矣！」即手批其奏云：「如狗啃骨，被人奪去，豈不恨哉！欽此。」不加罪也。文宗風流滑稽如此。

予丙子在京，合肥龔引孫比部為予言。龔亦狎蓮芬者。

文宗批答二

相傳殉難浙撫王有齡之父，為雲南昆明知縣。伏法兩江總督何桂清之父，即為王之簽稿門丁。有謂何實王之血胤，事屬曖昧，不敢妄斷。惟王有齡幼時讀書署中，桂清亦伴讀，聰穎異常，十五歲所作舉業，老成不能更一字。欲就試而無籍，乃謀之昆明紳士，占籍就試焉。入泮食餼，鄉舉聯捷，成進士，入翰林，年甫十八耳。未幾，躋顯要，任封疆，亦僅三十餘也。

咸豐九年，何為江督，王有齡亦由捐納鹽大使洊升至江蘇布政使，皆何力也。當杭城之初陷也，巡撫羅遵殿殉難，廷議難其人，何即洊王可勝任。摺初上，文宗硃批連書「王有齡、王有齡、王有齡」九字，不置可否。摺再上，批云：「爾但知有王有齡耳。」摺三上，言王如負委任，請治臣濫保之罪。於是始簡為浙撫。杭城再陷，竟城亡與亡，可謂不負舉主。然舉主竟不若也。

漢陽陶新柏在何幕治摺奏事，後嘗言之。

詞臣驕慢

胡林翼為鄂撫也，治軍武昌。所部以鮑超一軍為最強，超壁城外。

學使俞某，浙人而北籍，少年科第也。任滿將還京，林翼設筵餞之。以超功高望重，婦孺知名，延作陪客。不意俞蔑視之，終席不與交一言。席散，超怒甚，跨馬出城，謂左右曰：「大眾散了罷。武官真不值錢，俞學使一七品耳，竟瞧不起我，這班人在朝中，我輩為誰立功者。」正忿忿間，林翼馳馬至。林翼於席間情形已了然，故超之出也，林翼亦尾之。至是謂曰：「俞某少不更事，明日我面公訓飭之，特設負荊筵，請公明午降臨，使俞某陪客，公不可卻。」超諾之。

明日仍三人，超賓位，俞陪位。林翼用翰林大前輩面目，直言訓斥，俞唯唯聽受。席終，林翼又曰：「所謂不打不成相識，我三人何妨換帖，結為兄弟。」俞意猶躊躇，林翼怒視之，即命具紅柬，各書姓名籍貫三代，而互易焉。胡為長，鮑次之，俞又次之。林翼謂超曰；「如今俞某為我輩小兄弟，即有過可面訓，勿相芥蒂也。」超亦唯唯，氣遂平，不萌他志矣。

俞返京行至涿洲，投井而死，或曰為其母所逼也。

彭玉麟有革命思想

安徽克復，彭玉麟權巡撫，遣人迎曾文正東下。舟未抵岸，忽一急足至，眾視之，彭之親信差弁也。登舟，探懷中出彭書，封口嚴密。文正攜至後艙。其時內巡捕官倪人塏侍側，文正親信者也。及啟函，僅寥寥數字，且無上下稱謂，確為彭親筆，云：「東南半壁無主，老師豈有意乎？」十二字而已。文正面色立變，急言曰：「不成話，不成話！雪琴恃還如此試我，可惡，可惡。」撕而團之，納入口而咽焉。雪琴，彭字也。

人塏，字爽軒，皖之望江人，後為江蘇直隸州。言於歐陽潤生，潤生為予言如此。

天誅星使

咸豐季年，胡林翼治軍武昌，不媚朝貴。有中以蜚語者，上遣錢寶青查辦。錢挾大欲而來，以為所參情節甚重，必可滿欲。及至鄂，胡照例待之，絕不使人關說。錢探之，胡曰：「就地籌餉，就地練兵，不費國庫一文，不調經制一卒，請星使確查可也。」錢大恨，遂懷一網打盡之計。

一日者，送供給委員至行轅，見星使員役皆惶惶，問何故，皆曰：「大人昨晚燈下寫復奏，至今房門不開，而案上燈光仍閃爍，我輩不敢叩門也。」候至午，仍無動靜，乃報胡。胡率司道府縣皆至，命叩門不應，三叩仍不應，命斧以入，大駭，則見錢伏案死，一奏摺尚未書畢，噴血滿紙。亟取出閱之，更大駭，蓋直誣胡、鮑等有反意，將割據湘漢而自王也。胡歎曰：「天有眼，天有眼。」取血摺藏於懷。以暴卒聞，上亦不追究也，此事遂罷。設錢章入，縱朝廷不信其言，而胡、鮑等之兵權削矣。胡、鮑一去，大事尚可問哉！其時天心猶佑大清也。

此儀徵張肇熊為予言。肇熊父名錚，字鐵夫。當胡治軍時，隨布政理軍餉事，故言之甚悉。

滿臣之懵懂

予戊寅之夏再入都，留應鄉試。一日，有一滿人同學者邀飲萬福居，予後至，見首座為一白鬚老翁，旁置一珊瑚冠，見予至，咸與為禮。白鬚者吐屬舉止皆粗俗，不似大員身分，然甚謙，詢知予為南省士子，則更謬為恭敬。少間，突然問予曰：「聞前十餘年南方有大亂事，確否？」予遂舉粵捻之亂略言之。彼大詫曰：「如此大亂，其後如何平定？」予曰：「剿平之也。」又曰：「聞南方官兵見賊即逃，誰平之耶？」予又舉胡、曾、左、李諸人以對，皆不知，但曰：「奇哉！奇哉！此數人果真能打仗者耶？」予思此公並胡、曾、左、李皆不知，豈山林中隱逸，不聞外事者耶？遂亦唯唯否否而罷。

客散後，予特詢主人，始知此公名阿勒渾，在黑龍江為副都統三十年，今告老還京。不識漢字，無論漢文矣。彼所行公牘除滿文外，他皆不閱，故懵懂如此也。其一生長技，惟騎射耳。異哉！

然此猶武人之在邊者，固不足責。乃有開坊翰林，生長京師，且係世族，又為國史纂修，亦不知咸豐間事。其人名麟趾（似是同治甲戌翰林），當時僅二十餘歲。在館校對史傳，閱至羅澤南、劉蓉等列傳，拍案大罵曰：「外省保舉之濫，一至如此。羅澤南何人也，一教官出身，不三年竟保至實缺道員，記名布政使，死且請謚。劉蓉更豈有此理，一候選知縣，遂賞三品銜，署布政使，外省真暗無天日矣。」時同坐者為陽湖惲彥彬，見其愈罵愈烈，萬無可忍，遂耳語曰：「慎毋妄言。若輩皆百戰功臣，若非湘淮軍，我輩今日不知死所矣。」麟曰：「百戰何事？天下太平，與誰戰者？老前輩所謂湘淮軍，何物耳？歸誰將軍統之耶？」惲笑曰：「即與太平戰耳，南方大亂十餘年，失去大小五六百城，君不知耶？」麟大詫曰：「奇哉，奇哉！何以北方如此安靜？所謂與太平戰，更難索解。」惲曰：「爾不知洪秀全造反，自稱太平天國耶？」麟又曰：「賊之事，我如何能知道？」惲知其不足與言，遂不答而出。出即逢人道之，一時傳為笑柄。

此聞之張小傳方伯者，亦惲告之也。

白雲觀道士之淫惡

京師西便門外有白雲觀，每年元宵後，開廟十餘日，傾城士女皆往遊，謂之會神仙，住持道士獲貲無數，然猶其小焉者也。其主要在交通宮禁，賣官鬻爵。總管太監與道士高峒元，盟兄弟也。峒元以神仙之術惑慈禧，時入宮數日不出，其觀產之富甲天下。慈禧又封峒元為總道教司，與龍虎山正乙真人並行，其實正乙真人遠不如其勢力也。

凡達官貴人妻妾子女有姿色者，皆寄名為義女，得為所幸則大榮耀。有杭州某侍郎妻絕美，亦拜峒元為假父，為言於慈禧，侍郎遂得廣東學差，天下學差之最優者也。此不過舉其一端耳。

舉國若狂，毫無顧忌。觀中房闥數十間，衾枕奩具悉精美，皆以備朝貴妻女之來宿廟會神仙者，等閒且不得望見之也。

敬事房太監之職務

敬事房太監者，專司皇帝交媾之事者也。帝與后交，敬事房則第記其年月日時於冊，以便受孕之證而已。

若幸妃之例則不然。每日晚膳時，凡妃子之備幸者皆有一綠頭牌，書姓名於牌面，式與京外官引見之牌同。或十餘牌，或數十牌，敬事房太監舉而置之大銀盤中，備晚膳時呈進，亦謂之膳牌。帝食畢，太監舉盤跪帝前，若無所幸則曰去；若有屬意，則取牌翻轉之，以背向上。太監下，則摘取此牌又交一太監，乃專以駝妃子入帝榻者。屆時，帝先臥，被不覆腳。駝婦者脫妃上下衣皆淨，以大氅裹之，背至帝榻前，去氅，妃子赤身由被腳逆爬而上，與帝交焉。敬事房總管與駝妃之太監皆立候於窗外。如時過久，則總管必高唱曰：「是時候了。」帝不應，則再唱，如是者三。

帝命之入，則妃子從帝腳後拖而出，駝妃者仍以氅裹之，駝而去。去後，總管必跪而請命曰：「留不留？」帝曰不留，則總管至妃子後股穴道微按之，則龍精皆流出矣；曰留，則筆之於冊曰：「某月某日某時皇帝幸某妃。」亦所以備受孕之證也。

此宮禁中祖宗之定制也。若住圓明園，則此等儀注皆廢，可以隨時愛幸如人家然，然膳牌之遞仍照舊也。所以帝皆住園時多，必至年終始回宮，一至二月中，又幸園矣。

覺羅炳半聾為予言。炳言此猶沿前明宮之例，世祖因其可制子孫淫逸之行，遂因之。

糟蹋回婦

回疆霍集占之滅，掃穴犁庭，獻俘京師，霍集占夫婦皆下刑部獄。帝夙知霍妻絕色。

一日夜半，值班提牢、司員將寢矣，忽傳內庭有硃諭出，司員亟起視，則內監二人捧硃諭，命提叛婦某氏。司員大駭曰：「司員位卑，向無直接奉上諭之例，況已夜半，設開封有變，且奈何！誰任其咎者？」內監大肆咆哮。提牢吏曰：「毋已，飛馬請滿正堂示可耳，但得滿正堂一言，公可謝責矣。」乃命吏馳馬抵滿尚書宅，白其故，尚書立起，命吏隨至部，驗硃諭無誤，遂命開鎖，提霍妻出，至署外，蓋二監已備車久候矣。

次日，召見大臣時，滿尚書將有言，帝知其意，即強顏曰：「霍集占累抗王師，致勞我兵力，實屬罪大惡極，我已將其婦糟蹋了。」言畢大笑。嗣封為妃，誕皇子數人。妃思鄉井，輒鬱鬱不樂，帝於皇城外建回回營以媚之，周二里，一切居廬風俗服用皆使回人為之，特編二牛錄以統其眾焉。牛錄者，即佐領也。又於皇城海內建寶月樓，為妃子梳妝樓，高矗牆外，俾得望見回回營，以慰其思鄉之念。

光緒初年，予偕數友遊南海，曾一登樓，樓上通連九間，壁上皆貼洋法所繪回疆風景圖，極精細。別無陳設，僅一大銅鏡高丈餘，寬五尺，以紫檀架陳之，如是而已。噫，異哉！帝之縱慾敗度，可謂甚矣。設霍妻於侍寢之際，而扼殺帝，將如何？此所謂貪色而忘身也。亦炳半聾為予言。

皇帝扮劇之賢否

自古以來，皇帝好俳優者，頗不乏人，如陳後主、後唐莊宗皆是也。惟清帝之演劇，可覘人格之高下焉。

當道光時，宣宗之生母尚存，帝於母后生日，則演劇以娛之，然只演「斑衣戲彩」一闋耳。帝掛白鬚衣斑連衣，手持鼗鼓作孺子戲舞狀，面太后而唱，惟不設老萊父母耳。此猶足稱大孝孺慕之忱，千載下不能責之。

至同治間，穆宗所演則卑劣矣。穆宗好演戲，而又不能合關目，每演必扮戲中無足重要之人。一日演《打灶》，載澂扮小叔，載澂者，恭王奕訢之長子也。某妃扮李三嫂，而帝則扮灶君，身黑袍，手木板，為李三嫂一詈一擊以為樂。

等一演劇也，祖孫之人格相去天淵矣。

詞臣導淫

穆宗朝，有翰林侍讀王慶祺者，順天人，生長京師，世家子也。美丰儀，工度曲，擅諂媚之術。初直南書房，帝愛之，至以五品官加二品銜，毓慶宮行走，寵冠同儕，無與倫比。日者，有一內監見帝與王狎坐一榻，共低頭閱一小冊。太監偽為進茶者，逼視之，則秘戲圖，即豐潤縣所售之工細者。兩人閱之津津有味，旁有人亦不覺。此內監遂出而言於王之同列，同列羞之，相戒不與王齒。

或又曰，帝竟與王同臥起，如漢哀董賢故事，是則未為人見，不能決也。

皇帝患淫創

穆宗后，崇綺之女，端莊貞靜，美而有德。帝甚愛之，以格於慈禧之威，不能相款洽，慈禧又強其愛所不愛之妃，帝遂於家庭無樂趣矣，乃出而縱淫，又不敢至外城著名之妓寮，恐為臣下所睹，遂專覓內城之私賣淫者取樂焉。從行者亦惟一二小內監而已。人初不知為帝，後亦知之，佯為不知耳。

久之毒發，始猶不覺，繼而見於面盎於背，傳太醫院治之。太醫院一見大驚，知為淫毒，而不敢言，反請命慈禧是何病症。慈禧傳旨曰：「恐天花耳。」遂以治痘藥治之，不效。帝躁怒，罵曰：「我非患天花，何得以天花治！」太醫奏曰：「太后命也。」帝乃不言，恨恨而已。將死之前數日，下部潰爛，臭不可聞，至洞見腰腎而死。

吁！自古中國帝王以色而夭者不知凡幾，然未有死於淫創者。惟法國佛郎西士一世亦患淫創而死，可謂無獨有偶矣。

琴工張春圃

琉璃廠有琴工張春圃者，其為人戇直而樸野，以彈琴為士大夫所賞。慈禧欲學琴，聞其名，召入宮，授琴焉。

據云，授琴之處，似是寢殿，正屋七大間，慈禧坐於極西一間，距西廂房甚近，彈琴處，即在西廂房。張於宣召時即與內監約，不能跪彈，必須坐彈始成聲，皆許之，故不使之面慈禧也。設琴七八具，金徽玉軫，極其富麗，張取彈皆不合節，蓋飾雖美而材則劣也。旋聞慈禧云：「可將我平日所用者付彼彈之。」內監以授張，一落指，覺聲甚清越，連聲贊曰：「好琴，好琴。」慈禧聞之，即命曰：「既他說好，即叫他彈罷。」於是竭其所長，似聞隱隱有讚美聲。闋終，稍憩。忽見有若乳母服飾者數人攜一童子來，衣服極華美，約十歲上下，見琴即以指撥其徽，或抽其軫，以為戲。張阻之曰：「此老佛爺之物，動不得。」童瞪目視。旁一婦即責張曰：「你知他是誰，老佛爺事事都依他，你敢攔他，你不打算要腦袋了。」更一婦人以目止之，遂不言。張是日出宮後，更宣召，則寧死不敢入矣。此春圃親為人言者。

春圃為人狷介有志節，以貧為廠肆傭，而琴法甚工，用是馳名於公卿間。當慈禧之召也，命內監傳語曰：「你好好用心供奉，將來為汝納一官，在內務府差遣，不患不富貴也。」自見童子後，絕跡不入宮。同輩問之，張曰：「此等齷齪富貴，吾不羨也。」

肅王隆懃在日，亦聞其名，召之至邸彈琴，月俸三十金，早來晚歸以為常。張覺束縛不自由，亟欲擺脫而無策。一日暮雨，王曰：「爾勿歸肆，即宿府中可也。」張不肯，王留之再，張曰：「肆主不知，將以我為宿娼也。」王大怒，逐之出，從此不復召。張頗欣欣以為得計焉。

一子，不能世其業。有姊寡居，張迎養於家，事之惟謹。姊善兒醫，亦工琴。光稷甫侍御女公子曾延之教琴，午後來，一彈即歸，並茶飯皆不沾唇也，其狷介如此。張後以貧死。

嗟乎！不慕富貴，不趨勢利，賢於士大夫遠矣。吾故表而出之。

畫史繆太太

光緒中葉以後，慈禧忽怡情翰墨，學繪花卉，又學作擘窠大字，常書福壽等字以賜嬖幸大臣等。思得一二之代筆婦人，不可得，乃降旨各省督撫覓之。

會四川有官眷繆氏者，雲南人，夫宦蜀死，子亦孝廉。繆氏工花鳥，能彈琴，小楷亦楚楚，頗合格，乃驛送之京。慈禧召見，面試之，大喜，置諸左右，朝夕不離，並免其跪拜。

月俸二百金，又為其子捐內閣中書。繆氏遂為慈禧清客，世所稱繆老太太者是也。間亦作應酬筆墨售於廠肆，予曾見之，頗有風韻。自是之後，遍大臣家皆有慈禧所賞花卉扇軸等物，皆繆氏手筆也。

會慈禧六旬慶壽。先數日，忽問繆曰：「滿洲婦人大妝，爾曾見之矣；我未見爾漢人大妝果何如。」繆對曰：「所謂鳳冠霞帔是也。」慈禧曰：「慶祝之日，爾須服此為我陪賓。」繆唯唯，即於是日購冠帔服之。慈禧大笑不可仰，謂如戲劇中某某也。至壽中，置繆氏於眾所矚目之地，眾滿婦人入宮叩祝者皆見之，無不大笑失聲者。慈禧是日竟大樂，賞賚無算，而繆氏束縛直立竟日，苦不可勝言矣。

滿人以漢人為玩具如此，然當時朝中命婦聞之，莫不豔羨，以為聖眷優隆，天恩高厚也。繆氏名素筠，母家姓未詳。

第二卷　卷上二

慈禧之侈縱

光緒初，恭王奕訢當國，事無大小，皆謹守繩尺，無敢僭越。其時三海雖近在宮禁，自庚申后，不免小有殘破，亦未嘗興修。每當慈安、慈禧率帝、后等幸海時，恭王必從，慈禧輒以言探之曰：「此處該修了。」恭王正色厲聲而言曰：「喳！」絕無下文，慈禧亦不敢再言。慈安則曰：「空乏無錢，奈何？」

及慈安不得其死，遂內外交相媒孽，逐恭王出軍機，以瞽瞍繼任。於是迎合慈禧，先修三海，包金鼈玉蝀於海中。時閻敬銘為戶部尚書，閻舉庫中閒款無多寡皆冊報。舊例，凡年終戶部冊報僅各項正款，他如歷年查抄之款、罰款、變價之款皆不呈報，一以恐正款有虧，以此彌縫，二堂上及庫官亦於此有小沾潤。閻掌戶部，此等雜款多報出七百餘萬。慈禧大喜，遂有興復圓明園之意。又有人奏言，修圓明園須三千餘萬，不如萬壽山地大而風景勝圓明，估計千餘萬足矣。乃定議修頤和園。設海軍衙門，以每年提出之海軍經費二百萬兩為修園費，又開海軍報效捐，實銀七千兩，作為一萬，以知縣即選，又得數百萬，亦歸入修園費。

不三年，園成，慈禧率帝後宮眷等居之。自移園後，每日園用萬二千金也。園中設電燈廠、小鐵道、小汽船，每一處皆有總辦幫辦委員等數十人，滿員為多數。

甲午之敗，李文忠常恨恨曰：「使海軍經費按年如數發給，不過十年，北洋海軍船炮甲地球矣，何致大敗！此次之敗，我不任咎也。」誠然。

憶光緒二年，予留京應試時，與友人遊三海者二次。三海以南海為最，遍海皆荷花，海中有殿曰瀛臺，旁有儀鸞殿。予初遊時，見儀鸞左偏，有人借地燕會，盤辮解衣，高呼拇戰，殿門廊下即砌行灶為庖廚。予與諸友見之，不禁大笑。此亦禁地中亙古未見者也。瀛臺四圍皆水，一九曲板橋通之，壁上帖落皆清初三王真跡，又有成親王寸楷〈赤壁賦〉一大幅。房闥曲折數十間，頗精雅，即戊戌變政後幽德宗之處也。

載瀓之淫惡

恭王奕訢之子載瀓，淫惡不法。載瀓病，奕訢大喜，日望其死，雖延醫治藥，不過掩人耳目而已。

久之，病革，左右以告，王曰：「姑念父子一場，往送其終可耳。」及至瀓臥室，見瀓側身臥南坑上，氣僅屬，上下衣皆以黑縐綢為之，而以白絲線遍身繡百蝶。王一見，大怒曰：「即此一身匪衣，亦該死久矣。」不顧而出。瀓遂絕。

當瀓出入宮禁最密時，王深恐變作，會瀓有劫婦事，遂囚之宗人府高牆，意在永禁。無何奕訢妻死，瀓請於慈禧，謂當盡人子之禮，奔喪穿孝，乃特旨赦出之。

管劬安之寵幸

管劬安者，陽湖人。父營賈業，生計不甚厚。劬安好遊蕩，淫朋狎友，頻年徵逐，累耗父貲。顧其人小有才，面目姣好，且善繪事，工小曲，能為靡靡之音。父以其不可教訓，逐之。

劬安遂棄父母妻子，隻身隨同鄉入都。會如意館招考畫工，劬安應試，膺首選，遂入館供奉。內廷太監時至館索畫，獨賞劬安。劬安又善逢迎，極意結納，得內監歡，遂受知於李蓮英。

蒙慈禧召見秘殿，而試之畫，大稱后意，驟升如意館首領。時入宮禁，且以江南淫靡之曲為慈禧奏之，此則北人為有生以來所未聞也。后大喜過望，賞賚無算，命近侍為之置家室，賞居廬於東華門外。劬安亦誓願鞠躬盡瘁以報，不南歸矣。

十餘年來，積資數十萬，置商業於京師。及老留鬚，遂不恒入宮。當其盛時，宮中園中隨駕往來無虛日，后常以「吾兒」呼之，外人遂訛傳為慈禧乾兒，其實非也。

光緒季年，京師江蘇同鄉設畫會，劬安在會中，無錫吳觀岱曾見之。美鬚髯，疏眉朗目，頗有風致，令人想見張緒當年。

慈禧之濫賞

清例，內外臣僚除內廷供奉如上南兩書房及內務府外，非官至二品，不得賜福字，非年至五十，不得賜壽字。儀徵阮文達歸鄉後，名其居曰福壽庭，志遭遇之隆也。

乃慈禧不然。慈禧好觀劇，嫌南苑伶工無歌喉，遍傳外班，如譚鑫培、孫菊仙、汪桂芬、楊小樓先後皆入宮演劇。慈禧晚年最喜觀楊劇，每入宮，必攜其幼女同往。一日演畢，慈禧特召楊攜女入見，指案上所陳豬羊及一切餺飥之屬謂之曰：「皆以賜汝。」楊跪地稽顙曰：「奴才不敢領。」問何故，楊曰：「此等物已蒙賞賚不少，家中無處存放，求老佛爺賞幾個字罷。」慈禧曰：「爾欲何字，聯耶？扇耶？」楊曰：「求賞福壽字數幅，即感恩不盡。」言罷，復稽顙不已。慈禧頷之，立命以紙墨進，書大福字大壽字數方以賜之，並前所指案上各物亦並賜之，且云：「此賞汝小女孩可也。」楊乃率女謝恩出。

嗚呼！一優伶耳，得臣僚所不易得之物，復稱家中無處存放，意若藐然，使臣下言此，即以大不敬罪之矣。且率小兒女以覲九重，即至親至近大臣，亦未易遇此。此等異數不施之於朝士大夫，而施之於伶人，宜乎身死而國亦隨之矣。

毅皇后之被逼死

慈禧好觀劇，毅皇后每陪侍，見演淫穢戲劇，則回首面壁不欲觀。慈禧累諭之，不從，已恨之，謂有意形己之短。

后美而端重，見人不甚有笑容，穆宗亦雅重之，每欲親近。后見上則微笑以迎，慈禧即加以狐媚惑主之罪。左右有勸后昵慈禧者，否則恐有不利。后曰：「敬則可，昵則不可。我乃奉天地祖宗之命由大清門迎入者，非輕易能動搖也。」

有讒者言於慈禧，更切齒痛恨，由是有死之之心矣。然后無失德，事事按禮，知不欲帝近己，則亦遠帝，慈禧無隙可乘。會穆宗病，慈禧往視，或見后未侍疾，則大罵妖婢無夫婦情。后曰：「未奉懿旨，不敢擅專。」慈禧語塞，更恨之。

及帝彌留之際，后不待召哭而往，問有遺旨否，且手為拭膿血。帝力疾書一紙與之。尚未閱竟，忽慈禧至，見后悲慘，手拭帝穢，大罵曰：「妖婢，此時爾猶狐媚，必欲死爾夫耶！皇帝與爾何物，可與我。」后不敢匿。慈禧閱迄，冷笑曰：「爾竟敢如此大膽！」立焚之。或曰言繼續事也。順手批其頰無數，慈禧手戴金指甲，致后面血痕縷縷。帝為緩頰，慈禧乃斥令退，不使之送終也。須臾，帝崩。故后以片紙請命於父，父批一「死」字，殉節之志遂決。慈禧之殘忍淫凶無人理如此。

親貴誘搶族姑

載澂者，宣宗之孫，恭王奕訢之長子，群呼之為澂貝勒者也。年少縱慾，狂淫無度。一年夏間，率其黨遊十剎海。海故多荷，沿岸皆有茶座，賣蓮藕者亦沿岸布地以售。澂見隔座有一婦甚妖冶，獨座無偶，屢目澂，一若似曾相識而欲語者。澂見之，命其黨購蓮蓬一束贈之，且謂之曰：「此大爺所贈，欲與爾相會，可乎？」婦曰：「吾家人雜頗不便，請大父擇一地可耳。」澂聞大喜，遂約至酒樓密室相會。從此為雲為雨，已非一日。婦知為載澂，澂不知婦為誰也。一日，澂謂婦曰：「吾兩人情好如此，不得常相廝守，奈何？爾能歸我否？」婦曰：「家有姑有夫，勢必不行，無已，惟有劫我於半途可耳。且大爺劫一婦人，誰敢云爾者。」澂大喜，乃置金屋，備器具，仍約婦於十剎海茶座間，率其黨一擁而上劫之去。道路沸揚，以為澂貝勒搶奪良家婦女，不知其有約也。婦家甚貧，翁在日曾為浙江布政使，辛酉杭城再陷，逃至普陀為僧，而以殉難聞，得恤如例。子即婦夫，闒茸不能自立，雖亦京曹官，然終身無希望者也。逮婦被劫，知為載澂所為，益不敢控告，因忿而癲，終日被髮袒胸，徜徉於衢路間，口講指畫，述其苦楚而已。

有日，炳半聾與予行西單牌樓間遇之，指謂予曰：「此即載澂所劫婦之夫也。」婦為宗室女，論支派，當為載澂族姑。奕訢聞之，囚澂於高牆，即此事也。蔑倫絕理，行同禽獸，皇室固當如是乎！

皇室無骨肉情

清祖制，皇子生，無論嫡庶，一墮地，即有保母持之出，付乳媼手。一皇子例須用四十人，保母八，乳母八，此外有所謂針線上人、漿洗上人、燈火上人、鍋灶上人。至絕乳後，去乳母，添內監若干人為諳達，所以教之飲食，教之言語，教之行步，教之禮節。

至六歲，則備小冠小袍褂小靴，教之隨眾站班當差，教之上學，即上書房也。黎明即起，亦衣冠從容而入乾清門，雜諸王之列，立御前。所過門限不得跨，則內侍舉而置之門內，則又左顧右眄，儀態萬方而雅步焉，皆諳達之教育也。自墮地即不與生母相見，每年見面有定時，見亦不能多言，不能如民間可以隨時隨地相親近也。

至十二歲，又有滿文諳達教國語。至十四，則須教之以弓矢騎射。

至十六或十八而成婚。如父皇在位，則群居青宮，即俗呼阿哥所也；如皇崩，即率所生母並妻分府而居焉，母為嫡后則否，蓋子已正位，即奉為太后矣。按：自襁褓至成婚，母子相見迨不過百餘面耳，又安得有感情哉！

皇女得較皇子為尤疏，自墮地至出閣僅數十面。更可詫者，每公主出嫁，即賜以府第，不與舅姑同居，舅姑且以見帝禮謁其媳。駙馬居府中外舍，公主不宣召，不滿口共枕席。每宣召一次，公主及駙馬必用無數規費，始得相聚，其權皆在保母，則人所謂管家婆也。公主若不賄保母，即有所宣召，保母必多方間阻，甚至責以無恥。女子多柔懦而軟，焉有不為其所制者。即入宮見母，亦不敢曲訴，勢分相隔，不得進言，即言亦不聽。所以有清一代公主無生子者，有亦駙馬側室所出。若公主先駙馬死，則逐駙馬出府，將府第房屋器用衣飾全數而入於宮中。除屋宇外，其入保母腰纏者，不可考也。大抵清公主十人而九以相思死。

清之公主子女眾多而又夫婦相得如民間者，二百年來僅宣宗之大公主與其夫符珍耳。

大公主之初嫁也，有所召，亦為保母所阻，年餘不得見駙馬面，怒甚，忍而不言。一日入宮，跪宣宗前請命曰：「父皇究將臣女嫁與何人？」帝曰：「符珍非爾婿耶？」公主曰：「符珍何狀？臣女已嫁一年，未之見也。」上曰：「何以不見？」女曰：「保母不使臣女見也。」上曰：「爾夫婦事保母焉得管？爾自主之可也。」公主得命，回府立斥保母，召符珍，伉儷甚篤，生子女八人，可謂有清以來，首屈一指。

可見公主夫婦之相隔，帝並不知之。二百年來之公主，皆無此厚顏，故每每容忍，自傷以死。管家婆之虐待公主尤甚於鴇之虐妓。然宮中不授以照應之權，彼亦不能作惡，特因照應二字，推波助瀾耳。不亦大可畏哉！不亦大可笑哉！吾甚與大公主為女中豪傑也。或曰此二者亦沿明制。

翁、李之隙

李文忠之督畿輔也，凡有造船購械之舉，政府必多方阻撓。或再四請，僅十准一二，動輒以帑絀為言。其甚者，或且謂文忠受外人愚，重價購窳敗之船械而不之察。故文忠致劉丹庭書有云：「弟之地位似唐之使相，然無使相之權，亦徒喚奈何而已。」按其實，則政府齮齕之者非他人，即翁同龢也。

同龢本不慊於文忠，因乃兄同書撫皖時，縱苗沛霖仇殺壽州孫家泰全家，同書督師，近在咫尺，熟視無睹。及為人參劾，上命查辦，文忠時為編修，實與有力焉。然亦公事公辦，並非私見也。同書由是革職遣戍。同治改元，始遇赦歸而卒。然同龢因此恨文忠矣。使非文忠有大功於國，使非恭王知人善任，恐亦將以罪同書者羅織而罪文忠矣。

所以光緒初年，北洋治海陸軍，皆文忠竭力羅掘而為之。及甲午之敗，文忠有所借口，而政府猶不悟也。當時朝士無不右翁而左李，無不以李為浪費，動輒以「可使制挺撻秦楚之堅甲利兵」為言。頑固乖謬，不達時務，眾口一詞，亦不可解。至因優伶楊三之死而為聯語云：「楊三已死無蘇丑，李二先生是漢奸。」（楊崑丑也）昌言無忌，不辨是非如此。所以梁鼎芬以劾文忠革職，同年故舊皆以為榮，演劇開筵，公餞其行，至比之楊忠愍之參嚴嵩。其無意識之舉動，真堪發笑。

可見當時朝士之昧於時局，絕無開通思想也。甲午之役，文忠已許給小村壽太郎銀百萬，令其退兵。小村已允。及小村入京，文忠不料其覲見時，對上言之，上大怒。翁又慫恿謂文忠賣國。附翁者又謂日本小國何足畏，翁聽門生故舊言，一意主戰。臺灣之割，二萬萬兵費之賠，皆翁一人之力也。文忠憤激時對人曰：「小錢不花要花大錢，我亦無法。」

嗚呼！自古大將盡忠報國，未有不嘗為群小所忌者，文忠猶幸不為岳忠武第二也。

李文忠致謗之由

當光緒初元，予以應試進京，但聞人言李文忠，無不痛詈之者，無論上下社會之人，眾口一詞，竊以為怪。

按：文忠得謗之由，自蘇紳起。當蘇州克復之日，大兵進城，偽忠王府有牌坊一座，上刊頌語，款列眾紳，如翁、潘、彭、汪等名，皆一時朝貴。合肥遣兵數百守之，不使拆。其實與名之人非建坊之人，無賴小紳借大紳之名以媚偽王。合肥不知，以為若輩竟暗通反寇，將窮治之，後察知其實，遂聽其拆毀。然而蘇人竟因此恨文忠矣。所不恨者，潘文勤耳，文忠口無擇言，亦不能為之諱。

光緒改元，恩科順天鄉試，適文忠因事入覲，公事畢，已請訓辭行矣，因榜期在邇，遂勾留數日以候之。屆期，文忠於賢良寺設筵，邀同鄉顯貴數人，秉燭宵以候報，至天明無一來者。遣人至順天府閱榜，安徽竟無一人。文忠頗怏怏，即大言曰：「咸豐戊午，北闈不中吾皖一人，鬧出柏中堂大案，不要今年又鬧笑話罷。」即登輿出城而去。此言傳於各主司之耳，豈能不恨乎？

穆宗奉安之年，文忠照例辦皇差。內廷派出大臣有靈桂者，亦大學士也。而文忠之走卒輿夫等，皆以為中堂僅合肥一人耳，又安知京中尚有無數中堂者。至尖站處，靈桂輿夫將靈桂大轎停堂中，文忠輿夫曰：「此我們中堂停輿地，爾何人敢停此！」靈之人曰：「我家亦中堂，且滿中堂，位在爾中堂上。」李之人不服，大罵曰：「非我中堂，爾中堂尚有今日耶！」遂交哄。文忠聞之，命巡捕官傳語止鬥，且曰：「讓讓他，讓讓他，不要惹動瘋狗亂咬人，不是頑的。」此言也，非指靈桂，乃暗指諸御史也。然靈桂聞之，豈有不恨之理。

夫文忠尚能督畿輔二十年而不遭禍者，一由恭親王傾心相托，二由慈禧尚有舊勛之念，三由文忠每年應酬宮闈亦屬不貲，不然，危矣。予出入京師三十年，逮歸自泰西後，始漸聞京師人有信仰文忠者，然亦不過十之二三耳。

可笑者，甲午之年，予於冬初到京，但聞京曹官同聲喧詈馬建忠，竟有專摺奏參，謂馬遁至東洋，改名某某一郎，為東洋作間諜。蓋以馬星聯之事，而歸之馬眉叔者。星聯，字梅孫，浙江舉人。癸未以代考職事革捕，而遁至東洋。建忠，號眉叔，江蘇人，候選道，其時為招商局總辦。言者竟合梅孫、眉叔為一人，可笑孰甚。予逢人為眉叔表白，人尚未信。予曰：「眉叔現在上海，一電即來，何妨試之。」及言於丁叔衡太史立鈞，始遍告其同館同年諸人。即黃仲弢太史紹箕亦聞予言，始知眉叔之為人，然猶不深信也。

至謂文忠為大漢奸，眉叔為小漢奸，觀御史安維峻劾文忠一疏，無一理由，真同狂吠。此等諫草實足為柏臺玷，而當時朝野上下且崇拜之，交譽之。及獲罪遣戍，貫市李家騾馬店為之備車馬，具餱糧，並在張家口為之賃居廬，備日用，皆不費安一文，蓋若輩皆以忠義目安也。閉塞之世，是非不明，無怪其然。故有與文忠相善者，不曰漢奸，即曰吃教，反對者則人人豎拇指而贊揚之。若執《孟子》「皆曰可殺」一語，則文忠死久矣。

所以然者，文忠得風氣之先，其通達外情，即在同治初元上海督師之日，不意三十年來，僅文忠一人有新知識。而一班科第世家，猶以「尊王室攘夷狄」套語，詡詡自鳴得意，絕不思取人之長，救己之短。而通曉洋務者，又多無賴市井，挾洋人以傲世，愈使士林齒冷，如水火之不相入矣。

光緒己卯，總理衙門同文館忽下招考學生令。光稷甫先生問予曰：「爾赴考否？」予曰：「未定。」光曰：「爾如赴考，便非我輩，將與爾絕交。」一時風氣如此。予之隨使泰西也，往辭祁文恪師世長，文恪歎曰：「你好好一世家子，何為亦入洋務，甚不可解。」及隨星使出都，沿途州縣迎送者曰：「此算甚麼欽差，直是一群漢奸耳。」處處如此，人人如此，當時頗為氣短也。郭嵩燾之奉使英倫也，求隨員十餘人，竟無有應者。豈若後來一公使奉命後，薦條多至千餘哉！邵友濂隨崇厚使俄也，同年公餞於廣和居，睢州蔣綬珊戶部亦在座，竟向之垂淚，皆以今日此宴，無異易水之送荊軻也，其愚如此。及曾惠敏返國，又遣派十二遊歷官，遍遊泰西，朝士始知有外交之一事，又知外洋並不無故殺人。誰之咎歟！時文害之，科名害之也。因述李文忠致謗之由，遂拉雜書之。

安維峻劾李文忠疏

安疏既發抄，予錄一通存之。竊怪語多不倫，何以朝野推重如此？誠不可解。觀此可以知當時御史之伎倆，亦可知當時京官之錮蔽焉。疏云：

奏為強臣跋扈，戲侮朝廷，請明正典刑，以專主權而平眾怒，恭摺仰祈聖鑒事：竊北洋大臣李鴻章，平日挾外洋以自重，當倭賊犯順，自恐寄頓倭國之私財付之東流，其不欲戰固係隱情。及詔旨嚴切，一意主戰，大拂李鴻章之心，於是倒行逆施，接濟倭賊煤米軍火，日夜望倭賊之來，以實其言。而於我軍前敵糧餉火器故意勒掯之，有言戰者動遭呵斥，聞敗則喜，聞勝則怒。淮軍將領望風希旨，未見賊，先退避，偶遇賊，即驚潰。李鴻章之喪心病狂，九卿科道亦屢言之，臣不復贅陳。惟葉志超、衛汝貴均係革職拿問之人，藏匿天津，以督署為逋逃藪，人言嘖嘖，恐非無因。而於拿問之丁汝昌，竟敢代為乞恩，並謂美國人有能作霧氣者，必須丁汝昌駕馭。此等怪誕不經之說，竟敢陳於君父之前，是以朝廷為兒戲也。而樞臣中竟無人敢為爭論著，良由樞臣暮氣已深，過勞則神昏，如在雲霧之中，霧氣之說入而俱化，故不覺其非耳。張蔭桓、邵友濂為全權大臣，未明奉諭旨，在樞臣亦明知和議之舉不可對人言，既不能以死生爭，復不能以去就爭，只得為掩耳盜鈴之事，而不知通國之人，早已皆知也。倭賊與邵友濂有隙，竟敢令索派李鴻章之子李經方為全權大臣，尚復成何國體！李經方為倭賊之婿，以張邦昌自命，臣前劾之。若令此等悖逆之人前往，適中倭賊之計。倭賊之議和誘我也，我既不能激勵將士決計一戰，而乃俯首聽命於倭賊。然則此舉非議和也，直納款耳，不但誤國，而且賣國。中外臣民，無不切齒痛恨，欲食李鴻章之肉。而又謂和議出自皇太后意旨，太監李蓮英實左右之。此等市井之談，臣未敢深信。何者？皇太后既歸政皇上矣，若猶遇事牽制，將何以上對祖宗，下對天下臣民。惟至李蓮英是何人斯，敢干預政事乎！如果屬實，律以祖宗法制，李蓮英豈復可容。惟是朝廷被李鴻章恫喝，未及詳審利害，而樞臣中或係李鴻章私黨，甘心左袒；或恐李鴻章反叛，姑事調停。初不知李鴻章有不臣之心，非不敢反，實不能反。彼之淮軍將領皆貪利小人，無大伎倆，其士卒橫被剋扣，則皆離心離德。曹克忠天津新募之卒，制服李鴻章有餘，此其不能反之實在情形，若能反則早反耳。既不能反，而猶事事挾制朝廷，抗違諭旨。彼其心目中，不復知有我皇上，並不知有皇太后，而乃敢以霧氣之說戲侮之也。臣實恥之，臣實痛之。惟冀皇上赫然震怒，明正李鴻章跋扈之罪，佈告天下。如是而將士有不奮興，倭賊有不破滅，即請斬臣以正妄言之罪。祖宗監臨，臣實不懼，用是披肝膽、冒斧鑕，痛哭直陳，不勝迫切待命之至。

奏上，奉旨革職，發往軍臺。時恭王再起秉政，適於是日請假，次日知之，斥同輩曰：「此等奏摺，入字藏可也，何必理他？諸公欲成安之名耶！」眾無言。此足見恭王之有識也。

金梅生之鑽營

金安清，字梅生，浙之嘉興人。少遊幕於南河，由佐雜起家，洊升至兩淮鹽運使。工詩古文詞，尤長於理財。聲色服玩宮室之奉，窮奢極侈。

當咸豐季年，江南全省淪陷，僅江北十餘州縣地，金以運使駐泰州，督辦後路糧臺，設釐捐以供南北防軍，歲有贏餘。所用綜核之員，其最著者曰杜文瀾，曰宗源瀚，曰許道身。當其開辦之初，傳所派重要各員於內室，詢其月需若干金始不絀。或曰多，或曰少，金頷之。次日授檄，則皆如其言而倍之，且謂之曰：「諸君但計日用，未計有意外事，今得此，並意外事亦足辦矣。若此外更有一文染指者，軍法從事。」眾情踴躍。故以一隅之地而供給數萬大軍，無譁餉之虞，不可謂非人才也。

金思大展驥足，包舉一切，非入政府不可。於是輦金入都，首結交劻貝勒。其時劻年甫弱冠，初入政界，為之運動各當道，皆允保薦，內用京卿。軍機中惟文祥不受其賄。一日，文宗顧問大臣曰：「金安清究竟可內用否？」諸人皆極力揄揚，文宗未及答，繼向文祥曰：「爾以為何如？」祥曰：「小有才具，心術不端。」文宗曰：「心術不端，如何要得？」遂罷。未幾，遂有漕督吳棠密參營私舞弊四十餘款，奉旨革職查抄，此同治元年春間事。

予時年十三，負笈於泰州，借居某宅。居停同寅王姓者，同巷居。忽一日夜半聞叩門聲，甫拔關，則見夫役數十人，舁皮箱數十具入，云是金宅寄存者，蓋查抄之信至矣，尚未發表耳。王姓者，亦金之爪牙也。如是者不下二十餘處。及旨到查抄，空宅而已。其機警如此。旋奉旨革職，永不敘用，遞解回籍，交地方官嚴加管束。金則一肩行李逕往本籍縣署投宿，縣令大異之。金曰：「我奉旨交爾管束者，若不住署，何得謂嚴。」令知其無賴，歲致千金始免。

乃游說於湘淮諸大帥，求復用。謁曾文正七次，不得見。人問之，文正曰：「我不敢見也。此人口若懸河，江南財政瞭如指掌，一見必為所動，不如用其言不用其人為妙。」同治壬申，增淮南票鹽八十票，從金說也。曾忠襄撫浙時，金往說之，大為所惑，專摺奏保請起用，大受申斥。文正聞之歎曰：「老九幾為其所累。」久之鬱鬱死。

金性淫蕩，婦女微有姿，無不被污者。凡親黨之寡婦孤女就養於彼者，皆不能全其節。臣門如市，雜賓滿堂，河工鹽商之惡習，兼而有之。在泰州督餉時，軍書旁午，四面楚歌，金之宅無日不歌舞燕會也。同治癸亥，勝保逮問簿錄時，有奩具首飾百餘事，皆有「平安清吉」四字，或小篆，或八分。譬如鏡函，四角包以黃金，則鑿此四字以飾之。馮魯川先生時在勝幕，見之不解。嗣有人謂曰：「此皆金梅生所獻，『安清』，其名也，即所謂欲使賊名常達鈞聽之意。」始恍然。其工於媚術如此。

然其古文胎息腐迂，詩詞則揣摩唐宋，即筆記小說皆卓然成家。惜乎不以文章氣節取功名，而以側媚巧佞博富貴，其心術人品與其文大相徑庭，此聖人所以必聽其言而觀其行歟！

杜、宗、許三人者，惟宗能儉約，不尚聲色，杜與許亦竟為姬妾狗馬之奉者。及曾文正東下，製羊裘灰布袍，以為見文正之用。許嘗謂人曰：「吾脫羊皮胎已二十年，不圖今日復用之。」蓋文正東征以來，力戒華侈，減衣縮食，以裕軍餉。故曾軍中無服綢緞者。迨金陵攻克後，始睹黼黻文章之盛。金之著述甚多，凡署名「金坡廢吏」者，皆其手筆。擬之古人，迨魏收、范蔚宗之流亞歟！

強臣擅殺洋人

岑襄勤總督雲南時，以英人馬嘉理遊歷內地不受約束，遣人殺之，遂開公使出洋之例，此彰彰在人耳目者也。

不知英果敏撫皖時，亦殺傳教士二人，至今人不知之，但訝教士失蹤而已。此事在同治丙寅秋，英初升皖撫，督師駐潁州。忽有英教士二人乘淮河船二艘，率通事侍者十餘人至，自言為上海徐家匯總教士所派，來此傳教者，進謁巡撫取進止。果敏立即延見，詞意慇懃，並云：「購地造屋一切，如百姓有阻撓者，我為爾重懲之。」兩教士欣慰無已，口頌賢中丞不置。及送客出，即傳沿河二營營官至，謂之曰：「今有洋教士二人來，汝知之乎？」對曰：「知之，彼二舟即泊營門外。」果敏曰：「甚善。今夜三更，俟兩船人皆熟寢，爾率兵銜枚入，駢斬之，並舟子婦孺皆不留，殺其人，火其舟，埋其屍，天明時須一律畢事，如逃出一人，爾罪死。」兩營官唯唯。是夜即如法炮製，二舟男婦大小四十餘人盡矣。事後，上海教會行查二人蹤跡至皖，皖吏以未見復之。未幾，雲南事發，果敏謂人曰：「使我辦得不乾淨，亦如雲南，國家又不知賠卻若干矣。」嘗以此自鳴得意。或曰，裕庚之謀略也。

兩教士固冤矣，兩船之合家大小不更冤哉！亂世人命如草芥，信然，然亦不達外情所致也。

場前中進士

咸豐十年庚申科會試，各省士子到京者不及往年之半，皆以遭亂流離，無力成行也。邊省竟有全無一人者。

惟雲南有一人曰倪恩齡，字覃園，乃早年留京者。既入場，不能不中，故場前親友皆向之稱賀云。此亦僅見之事，故記之。

倪得館選，改編修，後簡授知府以終。光景卿戶部云。

萬曆媽媽

清祖制，每日子正三刻，東華門啟扉。首先入門者，布圍騾車一乘，不燃車燈，載活豬二口，車轅坐一老嫗，直入內東華門，循牆而行，不知何往。次則奏事處官員，有圓紗燈一提，隨其後者則各部院衙門遞奏官以及各省摺弁，再其後則趨朝各官，蓋皆借奏事處燈光以行。定制，入朝者惟奏事處有燈，講官有燈，南書房有燈。陛見、引見各官員，皆靜候於東華門外，見有一燈來，則蜂擁隨之。

予嘗詢炳君半聾，紫禁城內何得行車？何物老嫗敢如此？半聾曰：「宮中祭萬曆太后也，每年三百六十日，每日豬兩口，使一老巫主其事。紫禁城東北隅有小屋三椽，供萬曆太后神牌焉，俗呼為萬曆媽媽。」其掌故則當明萬曆間，清太祖攻撫寧，為明兵所擒，囚於獄，清廷賄內監言於太后而釋之，故以此為報。

餕餘則大門侍衛享之，二百餘年老汁白肉也。不設匕箸，各用解手刀片之。不准用鹽醬之屬，侍衛等以淡食無味，用厚高麗紙切成方塊，以好醬油煮透而曬乾之，藏衣囊中，至食時，以一片置碗中，舀肉汁半盂浸之，以肉片蘸而食之，云其味之佳，較外間所賣逾百倍。半聾有姪在大門上行走，每逢值班即得食，聞之皆垂涎也。

滿人吃肉大典

凡滿州貴家有大祭祀或喜慶，則設食肉之會，無論識與不識，若明其禮節者即可往，初不發簡延請也。

至期，院中建蘆席柵，高過於屋，如人家喜棚然。遍地鋪席，席上又鋪紅氈，氈上又設坐墊無數。客至，席地盤膝坐，墊上或十人一團，或八九人一團。坐定，庖人則以肉一方約十斤置二尺徑銅盤中獻之。更一大銅碗滿盛肉汁，碗中一大銅勺。每人座前又人各一小銅盤，徑八九寸者，亦無醯醬之屬。酒則高粱，傾於大瓷碗中，各人捧碗呷之，以次輪飲。客亦備醬煮高麗紙、解手刀等，自片自食，食愈多則主人愈樂。若連聲高呼添肉，則主人必再三致敬，稱謝不已；若並一盤不能竟，則主人不顧也。

予於光緒二年冬，在英果敏公宅一與此會。予同坐皆漢人，一方肉竟不能畢。觀隔坐滿人則狼吞虎嚥，有連食三四盤五六盤者，見予等皆竊笑之也。肉皆白煮，例不准加鹽醬，甚嫩美。善片者能以小刀割如掌如紙之大片，兼肥瘦而有之。滿人之量大者，人能至十斤也。是日，主人初備豬十口不足，又於沙鍋居取益之，大約又有十口。蓋食者有百五六十人，除三之一無量者，其餘皆老饕也。主人並不陪食，但巡視各座所食之多寡而已。其儀注則主客皆須有冠，客入門，則向主人半跪道喜畢，即轉身隨意入座，主人不安座也。食畢即行，不准謝，不准拭口，謂此乃享神餕餘，不謝也，拭口則不敬神矣。予肉量不佳，嗣是再有他會不敢赴矣。

炳半聾遷居龍樹院時，亦曾一為之。炳之會慘矣，蓋其家舊有食肉銅器全副，因貧已售於人，收其定銀矣，約期取物。半聾於未屆期之前，設一食肉會，以為最後之舉。是日到者亦五六十人，食肉百餘斤，他用稱是，而售器之資罄矣。為貧而售器，器售仍無補於貧，其曠達玩世如此。此事在予到京之前一年，光稷甫侍御為予言之，笑其不知生計也，因並志之。

費恭人全節

壽州巨紳孫家泰為苗沛霖所害，全家皆死，獨一妾居別墅倖免。妾姓費，河南人，美而有才，擅武勇。其父拳師也。

當同治元年春，欽差大臣勝保率大軍解潁州之圍，氣張甚。聞費氏之美，遣人往劫之。費聞，枕戈以待。勝使至，謂之曰：「大帥左右豈少姬侍，而必辱及未亡人，何也？如不利免，我將挾刃以往，俾伏屍二人，流血五步，其無悔。」使者股栗歸報，勝乃罷。

費得守節以終，撫一子為後，膺四品封，故稱之曰費恭人云。

太和門六庫

太和門之左有明庫六，每年欽派滿大臣二員率司屬人等盤查一次。每查一次，即盜一次。覺羅炳半聾曾隨其堂上官往。

有一庫皆簾幕衣履之屬，一珍珠帳幔寬長可八尺，皆用珍珠穿就，四圍則以紅綠寶石間之。小者如綠豆，大者竟如龍眼核也。穿線有朽敗處，一抖晾，則珠紛紛落，必一一拾而裹之，記於簿，加印花焉。然所裹皆贗鼎，蓋已為匠役等易之矣。更有宮人繡履七八箱，嵌珠如椒，皆萬曆間物也。

更有皮張庫，則皆韝矣。又有藥庫，內藏毒藥甚夥，有不知名者，相戒不敢動。更有金庫銀庫，則歷年報空者。此亦前清具文之一端也。

庫兵肛門納銀

予初至京師，聞光景卿戶部言戶部銀庫庫兵事，不禁狂噱，竊以景卿之言為太甚，及目睹始知之。

戶部各差以銀庫郎中為最優，三年一任，任滿，貪者可餘二十萬，至廉者亦能餘十萬。其下司庫書役人等，無不肥美。皆滿缺，無一漢人也。其中尤以庫兵一項為諸役冠，亦三年更替，亦皆滿人，雖有漢人亦必冒滿名，役滿人可餘三四萬金不等。每屆點派時，行賄於滿尚書及尚書左右，一兵須費六七千金。賄托既定，然後滿尚書坐大堂，如演戲然，唱名派充，派畢，眾兵稽顙謝。一兵出，必有拳師數人圍護之，恐人劫也。蓋無力行賄之兵以及地棍等麇集數十人於大堂階下，見兵出，即乘其不備劫之去，囚於家，並不加害，或三日，或五七日，必使誤卯期而後釋。蓋一誤卯，即須另點矣。被劫者，必多方關說，贈以數千金始已。景濂為戶尚時，正點派間，忽一兵為人劫去，景熟視若無睹，不敢發一言也。即退堂傳諭明日重點，蓋為被劫者轉圜地也。每三年一次，僅四十人。既上卯，則逢開庫日即入庫服搬運之役矣。

每月開庫堂期九次，又有加班堂期多少不等，計月總有十四五次，或收或放，出入累千萬。每一兵月不過輪班三四期，每期出入庫內外者，多則七八次，少亦三四次，每次夾帶即以五十兩計，若四次亦二百矣。月輪三期，亦六百矣，而況決不止此也。庫兵入庫，無論寒暑皆裸體，由堂官公案前魚貫入，入庫後，內有官制之衣褲取而著之。搬運力乏，可出而稍憩，出則仍赤身至公案前，兩臂平張，露兩脅，胯亦微蹭，更張口作聲如鵝鳴然，然後至彼等休憩室焉。所盜之銀則藏肛門中而出。聞之此中高手，每次能夾江西圓錠十枚，則百金矣。予轉餉入戶部時，見庫門前一矢地有小屋一間，裱糊工整，門戶嚴密，距窗二尺皆以木柵圍之。初以為必堂司官休息地，而孰知不然，乃庫兵脫衣卸贓之地，故四圍以木柵護之，防人近窗窺伺也。

為數既多，其運出之法更巧。蓋京師甚囂塵上，每逢庫期，必備清水灑塵，庫兵乃置夾底水桶，藏銀於中，俟堂官散後，從容挑桶而出。祁文恪世長署戶尚時，忽見一桶底脫而銀出，不能不問，隨即鎖拿庫兵數人，將於次日奏參嚴訊。人謂之曰：「爾將興大獄乎？爾不顧身家性命乎？無論大獄不可興，即若輩皆亡命徒，拚出一人認死罪，而半夜刺公，公何處呼冤者！」文恪乃含糊了事。噫，異哉！

相傳庫兵之業，各世其家。年少時，須覓嫪毐之具而淫之，繼則用雞卵裹麻油探討之，以次易鴨易鵝，久之門戶加大矣，更用鐵丸塞之，能塞十兩重之鐵丸十枚，則百金不難矣。十枚者甚鮮，六七枚者則普通之塞也。故凡庫兵所盜，皆江西錠為多。江西錠光滑無稜，俗所謂粉潑錠是也。其肛之嫩者，則用豬脬浸濕，裹銀而塞之。故庫兵至老年，無不患脫肛痔漏症，以其納銀太多也。

予曾見庫兵赤身對堂官時，陰莖隨身而搖動，不禁大噱。竊以為國家事事講體統，此則成何體統！無怪外人聞之，圖於新聞以為笑柄也。前清財政之紊亂，即戶部銀庫可見，庫款出入但有大數而已，無一定確數也。若詢以今日放出若干，應存若干，則張口結舌不能對也。

外省京餉至部驗收之日，有專司劈鞘之役。其人世役也，無論堅極之鞘，三斧即開，劈至尾鞘，則手法顯矣。第三斧下，則銀四散如噴。蓋尾鞘之銀，所以備補平補色之用，或正項之零數，皆碎塊也。既四散噴出，則其手下人偽為揀拾之狀，悉舉而納之囊中。時予一家丁在側，適一塊飛至足邊，亦俯拾而納之靴中，出而權之得八兩。堂上亦如未見。蓋各省解餉皆有部費，多寡不等，費既納，即小有過失，無人挑剔矣。

若領餉之費更甚於解餉。予曾代北洋綏鞏軍領餉一次，計十一萬有奇，納費千六百金，庫書允發山西寶銀五萬，俗謂之凹山西。蓋西銀為天下冠，每一寶中有黃金錢許。若不與此千六百金，則潮色低銀盡以付爾矣。庫書之權如此。吾故曰，清之亡，亡於內政之不修，不亡於新政之不善也。

第三卷　卷上三

內監直言被誅

光緒二十二年二月十六日，殺奏事處太監寇連才於菜市。

太監有兄在琉璃廠松竹齋紙店為伙。予詢其故，寇曰：「余弟違例上奏，條陳十事：請止演戲，請廢頤和園，請還宮辦事，請罷修鐵路，請革李鴻章職，請續修戰備與日本戰，不倫不類者十條。奏上，慈禧疑有指使，嗣見其文理不通，且多別體字，乃信之。即親訊之曰：『爾不知祖制，內監不准言政事乎？』曰：『知之，然事有緩急，不敢拘成例也。』慈禧曰：『爾知此為死罪乎？』曰：『知之，拚死而上也。』慈禧太息曰：『既如此，不怪我太忍心矣。』即命交刑部照例辦理。至菜市，脫一碧玉搬指贈劊子云：『費心從速。』又以玉佩一、金錶一贈同事內監之來送者，從容就死，神色不變，年甫十八也。」

慈禧本甚愛此人，所以親訊者，冀其乞哀而生之也，而孰知其至死不變。強哉矯，此真所謂北方之強歟？至其所為，亦不免受小說及腐儒之激刺。其言或中肯或背謬，皆無足責，君子嘉其忠直焉而已。

八歲女生兒

清宣統二年，予在京師，有友人攜一照片示予，乃山西大同府鄉民子九歲、童養媳八歲，野合生子哺乳之象。云是知府事翁斌孫採訪所得，圖其形以上大府，謂是祥瑞也。予以為是乃人妖，非瑞也。次年遂有革命之事。

優伶俠義

咸豐季年，京伶胖巧玲者，江蘇泰州人，年十七八，姓梅，面如銀盆，肌膚細白為若輩冠，不甚嫵媚，而落落大方。喜結交文人，好談史事，《綱鑒會纂》及《易知錄》等書不去手。

桐城方朝覲，字子觀，己未會試入京，一見器之。自是無日不見，非巧玲則食不甘、臥不安也。其年，方之妻弟光熙亦赴會試，同住前門內西城根試館。方則風雨無阻，日必往巧玲處，雖無大糜費，然條子酒飯之費亦不免。寒士所攜無多，試資盡賦梅花矣。不足，則以長生庫為後盾。始巧玲以為貴公子，繼乃知為寒畯，不知其衣服皆罄，遂力阻其游，不聽，然思有以報之。

會試入場後，巧玲驅車至試館覓方，方僕大罵曰：「我主身家性命送了一半與兔子了，邇來何為？」巧玲曰：「爾無穢言詈我，我來為爾主計，聞爾主衣服皆入質庫，然否？」僕悻悻曰：「尚何言，都為你。」巧玲曰：「質券何在？」僕曰：「爾貪心不足，尚思攫其當票耶！」巧玲曰：「非也，趁爾主此時入場，爾將當票檢齊，攜空箱隨我往可也。」於是以四百餘金全贖之，送其僕返試館而別。

次日，方出闈，僕告之，感激至於涕零。及啟笥，則更大駭，除衣服外，更一函盛零星銀券二百兩，媵以一書云：「留為旅費，如報捷後，一切費用當再為設法。場事畢，務須用心寫殿試策。俟館選後再相見，此時若來，當以閉門羹相待，勿怪也。」方閱竟，涕不可抑。同試者皆咄咄稱怪事，即其僕亦眙愕不知所云，第云：「真耶，真耶，真的此好兔子耶！」方大怒曰：「如此仗義，雖朋友猶難爾，尚呼為兔子耶！」

場事畢，方造訪，果不見。無如何，遂閉戶定課程，日作楷書數百字而已。榜發中試，日未暮，巧玲盛服至，跪拜稱賀。復致二百金，謂方曰：「明日謁座師房師及一切賞號，已代為預備矣。」方不肯受。巧玲曰：「爾不受，是侮我也，侮我當絕交。」乃受之。方僕一見巧玲，大叩其頭，口稱：「梅老爺，小的該死，小的以先把爾當個壞兔子，那曉得你比老爺們還大方。」巧玲聞之，笑與怒莫知所可也。

及館選，巧玲又以二百金為賀。方曰：「今真不能再領矣，且既入詞林，吾鄉有公費可用，不必再費爾資。」始罷。

孰知館選後未匝月即病故。巧玲聞之，白衣冠來弔，撫棺痛哭失聲，復致二百金為賻，且為之持服二十七日。人問之曰：「爾之客亦多矣，何獨於方加厚？」巧玲曰：「我之客皆以優伶待我，雖與我厚，狎侮不免。惟方謂我不似優伶，且謂我如能讀書應試，當不在人下。相交半年，未嘗出一狎語。我平生第一知己也，不此之報，而誰報哉！」

從此胖巧玲之名震京師，王公大人皆以得接一談為幸。遂積資數十萬，設商業無數，溫飽以終。子乳名大鎖者，京師胡琴第一也。譚鑫培登臺，非大鎖胡琴不能唱，月俸至三百金，亦奇矣哉。方之僕名方小，族人之為農者，鄉愚也，故出言無狀如是。

優伶罄貲助賑

同治乙丑，庶吉士懷寧郝同篪字仲賡，散館改吏部主事。工駢體詩詞，書法亦秀勁，一時有才子之目。

不知其大父乃優伶也，名郝金官。道光間名噪京師，晚年厭倦風塵，舉歷年所積五萬金捆載還鄉，僱鏢師數人護送之。行至山東，直大飢，人相食，官吏勸賑頗惶急。郝慨然以所有報大府，願賑活飢民。大府義之，將奏獎以官。郝固辭曰：「我優人也，即得官亦不齒於同列，若蒙破例，准子孫與齊民一體應試足矣，他無所望也。」大府允之。郝遂返京師終焉。

至同治改元，孫同篪捷順天鄉舉，至乙丑遂成進士，入翰林矣。人為賑荒之報也。

蠢僕食黃瓜

方朝覲之會試也，往往年內即至京。一年丑月間，偶往前門買用物，攜僕行。日已晡，覺腹餒，遂入一小肆購食，並命僕亦另坐食之，且誡之曰：「爾勿亂要菜，京師物價昂，不似家鄉也。」

僕曰：「知之。」

乃食畢，給值，肆伙曰：「內外共五十弔零。」

方大詫曰：「爾欺我耶？」

伙曰：「不敢欺，爺所食不足十弔，餘皆貴價食也。」

方大怒，呼僕至責之。僕曰：「可憐可憐，我怕老爺多花錢，連葷腥都不敢吃，只吃了四小盤黃瓜而已。」

方曰：「爾知京師正月黃瓜何價？」

僕曰：「至多不過三文一條可矣。」

伙曰：「此夏日之價也，若正月間則一碟須京錢十弔，合外省制錢一千也。」

僕張口伸舌不敢言，呵呵從主人而出。

夏徵舒是先祖

清同治初，曾望顏為陝西巡撫。首縣為唐李杜，字詩甫，四川進士，善滑稽者也。有山西賈夏姓者，營業於陝西省城，頗殷裕，忽動官興，入貲為縣令，分發陝西。人謂之曰：「爾初入仕途，一切未諳，宜聘一富有經驗之通人而朝夕請益焉，庶不為人所笑。」夏然之。

到省之日，例須隨眾衙參。至撫署官廳，甫入門，眾見其舉止矯揉造作，已匿笑矣。忽首縣唐問曰：「貴姓？」曰：「夏。」唐乃上其手而作莊容曰：「從前有位夏徵舒，是府上何人？」夏見鄭重而言，以為必顯貴者，遂卒然對曰：「是先祖。」唐一笑頷之。

須臾衙參畢，歸寓，所延之友問曰：「今日作何事？作何語？」夏曰：「中丞未見，明日須再往，他無所語。惟在官廳有首縣問我夏什麼舒是府上何人？」言時作冥想狀。友曰：「夏徵舒也。」夏曰：「然。」友人曰：「爾何答？」夏曰：「我見其高舉兩手，鄭重而出，即對曰是先祖。」友曰：「壞了壞了。那夏徵舒是一個龜子子，爾如何說是先祖？」夏大怒罵，即欲赴首縣理論。友曰：「明日仍須上院，必仍見之，何必急急。」

次日一見唐，即撲唐身，揪其領而罵曰：「你為何罵我龜子子？」唐曰：「諸公皆在此，我何嘗開口，而彼謂我罵其為龜子子，諸公聞之乎？」夏愈怒，欲揪之見中丞，眾勸不聽。揪至二堂口，文巡官遂以狀白中丞，命傳二人入。

曾問唐，唐曰：「請大人問夏令可也。」曾遂問夏，夏曰：「唐令罵卑職龜子子。」曾曰：「願聞其詳。」夏遂以昨所問答陳之，夏徵舒之徵字，終不能記憶也。曾笑曰：「是爾自認，非彼罵也。」命巡官導之出。隨即懸一牌示，大致謂夏某咆哮官廳尚可恕，胸無墨法，何以臨民，著回籍讀書云云。夏見之，氣結不得伸，鬱鬱而已。人笑之曰：「一聲龜子子，斷送一縣令。」

此張悟荃茂才云。

冒認丈夫

光緒初年，吏部有兩雷姓司員，一浙江人，一陝西人，一進士，一拔貢也，同姓同官又同司。浙雷住南橫街，陝雷住魏染衚衕，則一妾也。門榜皆書「吏部雷寓」。

一日者，浙雷僕私語其僚曰：「我主人置一妾矣，住魏染衚衕也。」為妻所聞，窮詰之。僕言：「實見魏染衚衕有吏部雷宅。訪之僅一妾，未知是主人外室否，不敢斷也。」妻聞大怒，立命驅車往，至則命僕婦大聲呼太太至。陝雷妾以為有女客來也，出迎。妻一見大罵曰：「淫婢無恥，爾竟敢私居於外，不來見我耶！」陝妾始茫然，繼始悟此必夫之妻也。正支吾間，陝雷歸，妾哭訴曰：「爾初不言有大婦在京也。」陝雷大驚，及熟視曰：「非我妻也。」妾大罵曰：「何來潑婦，冒認我夫。」陝雷忽悟曰：「夫人是浙江雷某妻耶？」妻點首，慚沮無人狀矣。陝雷曰：「是乃誤會，可請歸，無介懷也。」妾不允，曰：「既認為夫，則今夜必伴夫一宿始可。」妻乃大窘。陝雷再三勸其妾，始釋之去，歸即逐其僕云。

此事予其時在京親聞之，一時喧傳。以非佳話，姑諱其名。

要錢弗要命

北方風氣剛勁，好勇鬥狠，意有不惜傷殘肢體以博金錢者。光緒初，余在京目睹二事，記之以徵其俗焉。一年端午節前數日，余往琉璃廠，甫入廠西門，見一餅店前人如堵牆，異之，亦往觀，則見一少年裸上體臥地，一少年舉桿麵大杖用力向兩骸杖之，臥地者絕不聲。杖至五六十，臥地者突起，向餅店人曰：「這遭吃定了。」店人曰：「好小子，吃罷。」余大惑不解，詢之人，始知臥地者欠餅債甚巨，既不償而復強賒如故，故店主以大杖要之，謂如能受杖不呼痛，不但不索前欠，且從此不索值，是以臥地者任其痛擊而不聲也。

又一年秋，信步至五道廟三岔路口，遇見一群人皆黑綢夾衫，快靴從北而來，中有一人自袒服至外衣皆敞襟，而面上血淋淋由袒衣直流至足，隨行隨滴。及行近，見之，一目剜去矣。大駭。予適立於羊肉店外，遂問之。店人曰：「此吃寶局者。」蓋開場聚賭為犯法之事，而地痞土棍日索規費為之保護，然非強有力者不能得也。惟能捨得傷殘肢體者奉為上客，日有例規。而傷殘肢體，又分上中下三等，為得費之高下。此剜目者，則可享最上等之規例也。

噫，異矣。

野蠻時代之專利特許

自來京師，各種貨物行店皆不止一家，惟紅果行（即山楂紅也），只天橋一家，別無分行，他人亦不能開設，蓋呈部立案也。相傳百餘年前，其家始祖亦以性命博得者。當時有兩行，皆山東人。爭售貶價，各不相下，終無了局。忽一日有人調停，謂兩家徒爭無益，我今設餅撐於此（即烙餅之大鐵煎盤也，大者如圓桌面），以火炙熱，有能坐其上而不呼痛者，即歸其獨開，不得爭論。議定，此家主人即解下衣盤膝坐其上，火炙股肉支支有聲，須臾起立，兩股焦爛矣。未至家即倒地死，而此行遂為此家獨設，呈部立案，無得異議焉，故至今只此一家也。

又無錫冶鍋坊係王姓世其業，其鍋發售遍江南北，蓋亦特許專利者也。相傳當清初時，王與某姓爭冶業，相約煎油滿鍋至沸度，沉稱錘於鍋中，孰引手取出，即世其業。時王姓店役某，年老矣，思效忠於主人，因即代表王姓入手於沸油攫錘出，投錘於地，臂亦同脫，即時殞命。遂呈部立案，王姓得世其業。今王氏子姓分房殆數十家，各仰給於冶坊，歲時各祀此店役，為報本之祭。此與紅果行事同一例。

野蠻時代，往往有之，若律以人道主義，則以性命為嘗試，在所必禁，復何有專利特許之報獎乎。

考職之大獄

凡旅京應試士子工於楷法者，每逢謄錄供事等試，必為人代考，或數十金、或百金，視其人之名望分貴賤，寒士恃此為旅費，以免借貸，此風由來久矣。在上者亦明知之，但不能說破耳。每逢新皇登極，例須參職一次（此試僅用佐貳，非若停科舉之考職也），第一者註冊四十五日即開選。故宦興濃者，必覓高手代考，俾可速選也。光緒紀元考職，延至癸未始舉行。

是年有浙江蕭山縣舉人馬星聯者，楷書極佳，名震一時，所試無不前三名者。有人托其代考，馬曰：「若肯費八百金者，包取第一。」其人允之，榜發果第一，得州同即選。馬於是趾高氣揚，大會賓客於聚寶堂，設盛宴數十席，置獎品無數，徵雛伶而定花榜焉。是日所費千金，除所得外，尚揭債二百金也。當興高采烈時，謂同輩曰：「諸公僅能包取耳，若我則包第一即不爽，諸公視我遠矣。」言罷舉觴大笑，馬設席遍聚寶堂之正屋三進，其偏院不與焉。

有御史丁振鐸者，在偏院請客，適逢此會，亦竊窺之，聞馬語，詢於人，乃知其財之所由來，次日遂專摺奏參，奉旨革拿，馬已聞風逃矣。蓋此等考試，皆習焉不察，以為無傷大雅，逮一揭參，即照科場舞弊治罪也。於是出結之京官、考取之人皆革職遣戍。

馬則星夜返蕭山，其居與典史署緊鄰，典史某於黃昏時聞馬與母妻語，亟白於令，請速捕欽犯。令曰：「爾偵之確耶？」典史曰：「聞其聲確也。」令曰：「爾姑在此晚飯，飯畢掩捕，不慮其逃也。」隨命一心腹以百元贈焉，命速逃東洋。蓋馬為令縣考所取案首，得意門生也。晚飯罷，令乃傳捕役兵壯等偕典史至馬家。已夜半矣，圍其宅而搜之，無有也。乃大怪典史妄言而罷。

馬故貧士，幼失怙，母守節撫孤，得以成立。年十九中鄉舉，娶婦，至逃亡時，僅二十有一。舉業甚工，尤精摺卷，可望鼎甲者也，人莫不惜之。

先是壬午之冬，有學正學錄之試，陳冕時尚未中進士，為人代考第一，獲三百金，以二百金葬其蒙師，以百金助其友畢姻，同輩皆重之。豈若馬以之定花榜哉，宜乎其獲譴也。

陳子癸未大魁天下。

權相預知死期

大學士穆彰阿，道光朝當國，攬權納賄，避塞賢路，以計易蒲城相國王鼎遺摺，頗不滿於清議。故文宗登極，即首黜之，詔云：「小忠小信，陰柔以售其奸；偽德偽才，揣摩以逢主意。如達洪阿、姚瑩等盡忠盡力，必欲陷之」云云。其為人可知矣。

然其死也，則固有大異乎人者。死之前三日，摺簡遍邀親友門生故吏，云定於某日某時辭世，屆期望屈臨一別。諸人如期至，穆則設盛宴數十席，一一把盞，相與飲啖，連舉十餘觥，並未有死法也。食既半，顧曰影曰：「是時候矣。」謂眾曰：「請諸君稍待，俟我沐浴更衣，再訣別也。」乃入內良久，朝服蟒衣出，據坑南面坐，拱手向眾曰：「少陪，少陪。」一言畢閉目。少焉，玉筯雙垂五六寸許，視之，逝矣。

或曰，入內時即已服毒矣，然服毒死者無玉筯也。豈果為有道高僧入世後而迷失本性耶？奇矣！此炳半聾云。

文字之獄

新會梁任公輯《近世中國秘史》，於康雍乾三朝文字之獄，言之綦詳，而不及桐城戴潛虛及吾鄉《王氏字貫》兩事。

戴名名世，字潛虛，安徽桐城人，年五十始登康熙四十八年己丑科進士，以一甲二名授編修，一時文名籍甚。其誅也，為與弟子倪生一書也。書論修史之例，謂清當以康熙元年為定鼎之始，順治雖入關十八年，其時三藩未平，明祀未絕，若循蜀漢之例，則順治不得為正統也云云。為仇家所訐，遂罹慘禍。今《南山集》中不載此文，想其後人刪去矣。集署名曰宋潛虛，以戴姓出於宋後，故諱戴為宋。蓋《南山集》為前清禁書中一種也。

至吾邑《王氏字貫》一書，亦全家被禍，著者斬，家屬遣戍。其書因《康熙字典》之陋，乃增損而糾正之，坐是得罪。書尚未刻，聞其稿尚存。周文甫茂才道章云曾見鈔本。

吳人知兵　二則

（一）張曜

自春秋吳闔閭稱霸以後，二千餘年來，不聞蘇屬有諳軍旅者，故世人以吳人柔弱為誚。然以張勤果論之，亦不得謂之無將才矣。公諱曜，字朗齋。雖浙之錢塘籍，實世居吳江之同里鎮。聞其少年弛斥不羈，恒見惡於鄉里。一日，為其戚陳某批其頰而訓之，乃大悔恨，走河南，投其姑夫州刺使蒯某。蒯以其少年無業不之禮，但月給數金豢之而已。勤果壯偉多力，食兼數人，署中兩餐不得飽，乃日私食於市，所得金輒不敷，而衣之藍縷不顧也。時髮捻交閧，各省戒嚴。光之紳民募鄉兵為捍衛計，請於州守，委一人統之，合署無願往者。勤果請行，蒯許之，遂部勒鄉兵壁城外。未幾，有捻逆大股竄州境，勤果率所部遮擊之，斬獲無數，賊遂潰。蓋為僧忠親王所敗，尾追而至此者。賊退而王至，勤果率眾跪迎道左，王壯之。詢擊賊狀，大喜，立畀五品翎頂，以知縣列保。不二年洊至河南布政使。因得罪巨紳劉姓，劉為御史，劾以目不識丁，奉旨改南陽鎮總兵，仍統所部號為嵩武軍者，累立功於河陝關隴間，擢提督。

光緒初年，入衛京師，膺帝眷，授山東巡撫。直歲大飢，勤果捐廉俸並募集巨資以賑之，全活無算。山東民至今感之如父母焉。劉御史後為知府，被劾歸，貧無聊賴，乃與勤果通慇懃。勤果歲必以巨金貽之，其報書則鈐以「目不識丁」四字小印，亦謔矣。勤果書法，有顏之骨、米之肉，頗秀健，尺牘亦雋語絡繹，不似彭剛直之翰墨，專以粗豪勝也。相傳其被劾後，延通人教之，發憤讀書，遂一旦豁然。

（二）孫金彪

又有孫金彪者，字紹襄，吳江人，世居邑之盛澤鎮，勤果公之部將也。未達時，即以勇俠稱。父曰孔七，精拳技，恃博為生，有槍船四五十艘。槍船者，首銳棹雙櫓，瞬息百里，鴻首置大統一，中藏四五人，內河寇皆恃此為利器。七有德於鎮，鎮之人無貧富皆善之。七死，金彪年十四，已入武庠為諸生。群槍船以奉七者奉之為主，仍設博於鎮。金彪年雖少，獨能以兵法部勒其眾，刑賞無所私。當是時，蘇城為粵賊所踞。鎮有富人黃某者，慮賊入鎮搜掠，密款於嘉興賊酋，得偽檄，民賴以安。於是江浙商販自上海出入萬賊中者，輒以盛澤為樞筦，鎮益殷富。事無大小，皆陰決於黃。有小鬼法大者，鄰鎮巨猾也。聞盛澤繁盛，牽槍船百艘，蒞鎮設博局已，輒思大掠以投賊，已定期。黃聞之大恐，金彪之師沈玉叔謂黃曰：「君欲除小鬼法大，非金彪不可。」黃大喜，設盛筵款之。金彪曰：「敬諾。」會有皖北巢湖糧艘千人，避亂萃鎮上，金彪說其酋助己，遂與小鬼法大戰，擒而磔之，盡奪其舟。

於是設保衛局，集槍船團練為戰守計，事皆一決於金彪矣。

初，金彪之滅小鬼法大也，舉盛澤附鎮，使巢酋設博局以為酬，巢酋謂功高，欲分盛澤博之半，弗得，則怏怏弗能平。金彪度巢酋終弗戢也，思併之。會巢酋生日，金彪載羊酒往壽，而陰伏槍船於蘆叢中以待之。飲博至暮，謂酋曰：「今夜月色大佳，吾兩人駕小舟縱飲湖上，可乎？」巢酋從之。中流酒酣，金彪請以銃擊宿鳥賭勝負，巢酋三擊而不中，忿甚。金彪曰：「我一擊便中也。」遂洞酋胸，斃湖中。眾大噪。伏舟盡出，金彪手佩刀號於眾曰：「若主欲為盛澤患，故除之。若毋恐，從者聽約束，不者駕爾舟歸鄉里，弗汝殲也。」眾皆降。於是金彪勢大盛，蘇賊睨之莫敢犯。

同治元年，李文忠克吳江，金彪散其眾，以保衛功授千總。東南大定，生計日拙，張勤果返自河南，挈至陝，以功擢記名提督，授陝西漢中鎮總兵，賞黃馬褂。光緒壬辰、癸巳間，統嵩武軍駐山東之煙臺，為東軍冠焉。當金彪之設保衛局也，一日，聞漁父詬曰：「孰謂孫氏人守法者，乃取我大黑魚而不與值！」夜既半，金彪忽呼庖人治黑魚鱠，庖人求魚不得，方咨嗟，一卒以魚獻，命漁父質之信，即斬以徇。自是所部肅然，金鎮以安。此非吳人而知兵者哉！

湘、淮軍之來歷

湖南王壬秋孝廉闓運，著《湘軍志》一書，敘軍之緣起與軍中瑣屑事，纖悉無遺，雖表揚功績，而劣跡醜態，曾不少諱，即曾文正亦不免有微詞，何況其他。故湘軍將帥咸惡之，購其板而毀焉。以事皆直筆，非誣也。今上海已有小本翻板矣。厥後王定安又撰《湘軍記》，則一意諛頌，無足觀也。

貴池劉薌林觀察含芳，官登、萊兵備時，亦嘗述淮軍之原委，欲作《淮軍志》，未果而卒。劉嘗曰：「淮軍並不始於李氏。」亦猶壬秋先生云「曾之前已有稱湘軍者矣」。特二公起，繼續而擴充之，遂建大功，名聞天下也。

李元度喪師

李元度，曾文正部將也。喪師衢州，亡六七千人，文正劾之，並自請議處。軍中有作聯額誚李曰：「士不忘喪其元，公胡為改其度。」額曰：「道旁苦李。」然李雖不長於軍事，固長於文章也。觀其所選《小題正鵠》及所撰《先正事略》，非績學者烏能之。

不利狀元

前清一代狀元之最不利者，莫過於龍汝言矣。始也革職永不敘用，繼也特賞內閣中書以終。然其先遭際之奇，眷顧之渥，可指日望枚卜也。

初，龍未第時，館某都統家，適逢仁宗萬壽，都統倩龍作祝詞備小貢。龍乃集康熙、乾隆兩朝御制詩百韻以進。上大喜，召見某都統獎之。都統不敢隱，以龍名對。仁宗曰：「南方士子往往不屑讀先皇詩，今此人熟讀如此，具見其愛君之誠。」立賞舉人，一體會試。次年春闈下第。總裁覆命，召見時，大受申斥，謂今科闈墨不佳。及出，密詢近侍太監曰：「今科闈墨甚佳，何以不愜上意？」近侍曰：「因龍汝言落第，不便明言耳。」於是朝臣咸識之。次科，即嘉慶十九年甲戌，主司入場，即將龍取中。上見題名錄大喜。及殿試，即以一甲一名擬進，上私拆彌封視之，乃無言，仍封之。臚唱日，上喜曰：「朕所賞果不謬也。」甫釋褐，即派南書房行走、實錄館纂修等差，賞賚稠疊，舉朝羨之。

龍妻素悍，龍幼孤而貧，賴妻父卵翼之，故懼內。一日，與妻反目，避居友家，數日不歸。適館吏送《高宗實錄》請校，龍妻受而置之。越日，吏來取，妻與之，龍始終不知也。忽一日，革職之旨下，大駭，始知「高宗純皇帝」「純」字，館吏誤書作絕，龍雖未寓目，而恭校黃簽則龍名也。仁宗見之大驚，惋惜良久，乃下旨曰：「龍汝言精神不周，辦事疏忽，著革職永不敘用。」猶不忍宣其罪狀，亦不交部議，雖甚愛之，無如書生命薄而已。

逮仁宗升遐，龍以內廷舊員，兼受大行非常知遇，例准哭臨，哀痛逾常。宣宗聞之，謂其有良心，特賞內閣中書。道光戊戌科，猶得會試同考官一次。未幾卒。龍，安徽人也。

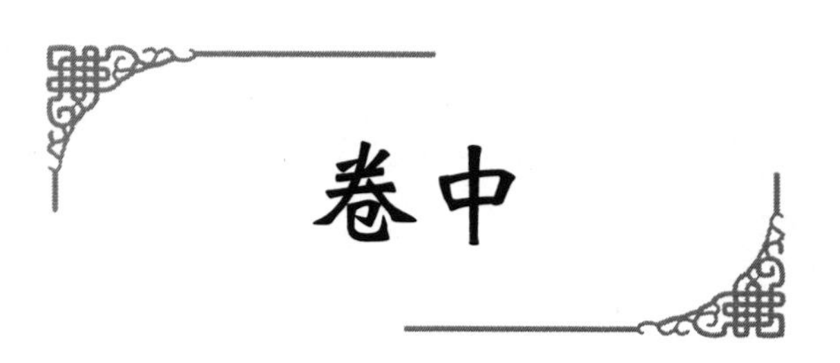

卷中

第四卷　卷中一

京師志盜　五則

（一）還贈嫁衣

京師雖輦轂之下，而盜風最盛。然盜亦有道，茲就所聞見者彙記之。

西河沿西頭有一民家，僅寡婦孤女二人，其先亦小負販也，微有蓄積。女將嫁，母罄所有備嫁資，為賊所偵，一夜，逾垣入將撬門矣。母聞之，呼女曰：「外間有響動，莫非爾舅舅又來乎？爾舅舅以為我有旨蓄，不知我寡婦孤兒之苦也。今既來，不可使其空過，爾將嫁衣擲一件與之，免我母子受驚也。」女如言，取新衣一襲裹而擲窗外，曰：「請舅舅以之質錢為賭本可也，我母子尚乞爾照應，勿迫我是幸。」賊不言，持衣去。

越日，又聞逾垣聲，母復呼女曰：「爾舅舅其以我為魚肉耶，何不諒乃耳！」因啜泣。

賊在窗外曰：「非敢再擾，來還賬也。前日吾等不知冒犯，甚歉然。今物在是，我去矣。」言畢而逝。

天明，視階下一紙裹，即所贈嫁衣，確由質庫出者。外一小紅封，簽書花儀二兩，下不署名。母女得之意外，喜可知也。

（二）王部曹有賊友

南橫街堂子衚衕有住屋一所，頗軒敞，且有亭矗出簷際，可以遠眺，惟後牆外即南下窪，居此者時遭鼠竊，遂久無人居。

有王姓部曹者，家甚貧，貪其值廉，賃居之。一年夏間，獨坐棚下納涼，夜已深，尚未寢，忽見屋上火光一閃，如火刀擊火石狀，繼而忽聞屋上人語曰：「火絨無矣。」俯視下有人，以為必更夫或御者庖人之類，遂悄聲曰：「朋友，賞一火抽袋煙。」王即以紙拈燃火遞之。賊見王問曰：「爾家主人寢乎？」王曰：「我即主人也。」賊大驚曰：「小人該死。」王曰：「無傷也，夜深不能寐，得君夜談甚佳。」因自述宦況，並所以賃居之故。賊曰：「王老爺如此清苦，我輩斷不敢擾，請放心可也。」王稱謝，且曰：「君知之，君之儕輩未必皆知，設若光顧，無以敬，奈何？」賊曰：「我所居即去此不遠，凡南路朋友皆在此一方，我明日見之當遍告。」王又謝曰：「無以為敬，票十千，一茶可乎？」賊再三讓，不敢受。王曰：「為數本微，不過與君發利市耳。」賊乃受，道謝而去。

自是王宅雖夜不閉門，亦不竊之者，人皆笑王有賊友焉。

（三）不白借道

光緒改元，予入都應順天試，秋闈報罷，遂館於光稷甫侍御家，以待再試。時正季冬，予臥室為廳事之東廂。

一夜，忽聞更夫與人語，但聞「不白借」三字，又聞答以「曉得」二字，以為渠與同輩語耳。將黎明，忽聞院中有物墮地聲甚巨，亦不知何物。

曉起，主人謂予曰：「今日請爾啖賊贓。」余問故，主人曰：「昨夜有賊屋上過，更夫喝之，賊曰：『借道者。』更夫曰：『不白借。』至天明，遂以此物為借道費耳。」視之，玉田鹽肉一肘，重十餘斤。予乃恍然於所聞之語，乃更夫與賊語也，相與大笑。烹其肘，合宅遍享之。

（四）不竊掮肩

京師有一種力役，名曰掮肩。凡人家移居或小家送嫁妝，皆若輩任之。一橫擔長不過尺餘，擔於肩頸之中，以方桌架其上，桌上陳設各物皆如故。彼能以一肩之力，絲毫不致撞跌，雖貴重之物置其上，皆不致遺失，亦北方一絕技也。

由此達彼，雖經若干繁盛之區，流棍竊賊之徒，望即卻步，匪特不竊，且助其憩息而上下焉。予嘗問其故，肩者曰：「此物一上吾肩，若有失，吾輩力豈能償？若輩知竊物必害我遭官刑，故不竊，雖放膽置道旁，不懼也。」

予由南横街移居青廠曾用一次，果如所言，此則外省所萬萬不能者。

（五）左宗棠之黃馬褂失而復還

左文襄初次入覲時，寓善化會館。

忽一日，黃馬褂被竊，笥中朝珠及冬裘無數，且有銀數百兩，皆無恙。文襄大驚，乞步軍統領緝之。統領曰：「此衣既不能衣，又不能質錢，竊之何為？此必爾曾大言，故若輩顯其手段耳。不必緝捕，自當送還也。」

不數日，文襄出門歸，見榻上置一袱，黃馬褂在焉。文襄舌撟不能下。

賭棍姚四寶

步軍統領俗呼為九門提督，緝捕盜賊賭博是其專責，然京師遍九城皆有賭坊，歲有例規，不肯捉也。所捉者，偵得一二貴介子弟，或京外官之富有者，聚博於宅中，則彼宅自有通信之人，於是提督衙門番役出焉，至半夜，圍其前後門，一擁而入，無一人能逃者。纍纍鎖至署，署班房中，聲言明早候堂官蒞署嚴訊。被縶者乃以賄說大班，盈千累百，各具手條，畫押訖，付大班手，然後大班饗以盛筵，食畢，各款款而歸，天未明也。

有皖人姚四寶者，名敦布，伯昂姚總憲猶子，湖南巴陵知縣革職者也。無以為生，恃賭為活，無不勝者。一至賭坊，博徒視其所向而隨之，坊主大困，願日奉規例，請勿下注。姚於是月得千金，享用擬貴官。凡京師之雛伶名妓皆父事之。一日者，博於某宅，為番役掩捕，雜貴介中縶之提署，番役志不在姚也。會諸貴介納賄訖，饗盛饌，姚亦在坐，偽醉而臥。須臾，見諸人紛紛提燈出門去，姚偽臥鼾聲起。俄頃一役拍其肩曰：「醒醒，可去矣。」姚曰：「何往？」役曰：「彼等皆去矣，爾亦可行。」姚曰：「爾逮捕時，不云明日候堂官訊辦賭棍耶，何為而釋之也？我乃賭棍，必俟明日候訊，且並爾今夜所得之賄，某某若干，皆陳於官。」役曰：「爾偵也耶！」姚曰：「我不偵也，公事公辦，固應如此也。」役大役恫嚇之，姚大聲曰：「爾輩不聞姚四寶名耶！鼠子敢爾，我一俟官長至即呼冤耳。」役大懼，求勿聲。姚曰：「分肥乃可。」不得已分以千金，姚乃挾金歸。出謂人曰：「公等為大班所食，予乃食大班也。」由是京師無不知有姚四寶者。

光緒初歸里，會沈秉成撫皖，姚往謁。沈乃伯昂總憲小門生也，待以世叔禮。姚攜一僕，鄉愚也，撫署號房問姚字，僕以「賊形」二字示之。號房曰：「無以此為字者，爾誤也。」僕爭執良久，繼而詢姚，今字「賦彤」也。皖人傳為笑談。

吳可讀屍諫

光緒己卯春三月下旬，予在京住潘家河沿。是日，天朗晴明，予正午飯，忽見空中有白片紛紛下。亟至庭中視之，六出雪花也，瞬息即化，炊許始止。不知烈日中何以忽然落雪？甚異之。數日即聞吳柳堂侍御屍諫事。

吳名可讀，甘肅人。由道光庚戌進士部曹轉御史，以劾成祿言太激，左遷吏部主事。操行清潔，不附權貴。是年穆宗梓宮永遠奉安，吳乞派隨扈行禮，人皆以為吳貧，冀博此數十金之車馬費耳。不意至薊州，遂密奏穆宗立後事，自盡於所居寺中。摺上，慈禧忽然天良發現，批云：「以死建言，孤忠可憫。」云云。京師同官同年等為設祭於文昌館，輓聯無數，惟黃太史貽楫一聯最灑脫，云：「天意憫孤忠，三月長安忽飛雪；臣心完夙願，五更蕭寺尚吟詩。」

死時尚有絕命詩七律一首，云：

回頭六十八年中，往事空談愛與忠。
抔土已成黃帝鼎，前星預祝紫微宮。
相逢老輩寥寥甚，到處先生好好同。
欲識孤臣戀恩所，惠陵風雨薊門東。

吳居南橫街，即以宅為祠祀之，其屍諫之疏錄左：

吏部稽勛司主事、前任河南道監察御史臣吳可讀，跪奏為以一死泣清懿旨，預定大統之歸，以畢今生忠愛事：竊罪臣聞治國不諱亂，安國不忘危，危亂而可諱可忘，則進苦口於堯舜為無疾之呻吟，陳隱患於聖明為不祥之舉動。罪臣前因言事忿激，自甘或斬或囚，經王大臣會議奏請，傳臣質訊，乃蒙我先皇帝曲賜矜全，即免臣於以斬而死，復免臣於以囚而死，又復免臣於傳訊而觸忌觸怒而死。犯三死而未死，不求生而再生，則今日罪臣未盡之餘年，皆我先皇帝數年前所賜也。

乃天崩地拆，忽遭十三年十二月初五日之變，即日欽奉兩宮皇太后懿旨：「大行皇帝龍馭上賓，未有儲貳，不得已以醇親王之子承繼文宗顯皇帝為子，入承大統，為嗣皇帝。俟嗣皇帝生有皇子，即承繼大行皇帝為嗣，特諭。」罪臣涕泣跪誦，反覆思維，竊以為兩宮皇太后一誤再誤。為文宗顯皇帝立子，不為我大行皇帝立嗣，則今日嗣皇帝所承大統乃奉我兩宮皇太后之命，受之於文宗顯皇帝，非受之於我大行皇帝也。而將來大統之承，亦未奉有明文，必歸之承繼之子，即謂懿旨內既有承繼為嗣一語，則大統之仍舊繼子，自不待言。罪臣竊以為未然。自古擁立推戴之際，有臣子所難言。我朝二百餘年，祖宗家法，子以傳子，骨肉之間，萬世應無間然。況醇親王公忠體國，中外翕然，稱為賢王。觀王當時一奏，令人忠義奮發之氣勃然而生。言為心聲，豈能偽為，罪臣讀之，至於歌哭不能已已。儻王聞臣有此奏，未必不恕臣之妄，而憐臣之愚，必不以臣言為開離間之端。而我皇上仁孝性成，承我兩宮皇太后授以寶位，將來千秋萬歲時，均能以我兩宮皇太后今日之心為心。而在庭之忠佞不齊，即眾論之異同不一。以宋初宰相趙普之賢，猶有首背杜太后之事。以前明大學士王直之為國家舊人，猶以黃竑請立景帝太子一疏，出於蠻夷而不出於我輩為愧。賢者如此，遑問不肖；舊人如此，奚責新進。名位已定者如此，況在未定。不得已於一誤再誤中，而求一歸於不誤之策，惟有仰乞我兩宮皇太后，再行明白降一諭旨，將來大統仍舊承繼大行皇帝嗣子，嗣皇帝雖百斯男，中外及左右臣工，均不得以異言進，正名定分，預絕紛紜，如此則猶是本朝祖宗以來子以傳子之家法。而我大行皇帝未有子而有子，即我兩宮皇太后未有孫而有孫，異日繩繩緝緝，相引於萬代者，皆我兩宮皇太后所自出，而不可移易者也。罪臣所謂一誤再誤而終歸於不誤者，此也。

彼時罪臣即以此意擬成一摺，由前察院轉進，呈底奏底俱已就草，伏思罪臣業已降調，不得越職言事，且此何等事，此何等言，出之親臣、重臣、大臣，則為深謀遠慮；出之疏臣、遠臣、小臣，則為干進希名。又思在諸臣中忠直最著者，未必即以此事為可緩，言亦無益而置之，故罪臣且留以有待。洎罪臣以查辦廢員內蒙恩圈出引見，奉旨以主事特用，仍復選授吏部，邇來又已五六年矣。此五六年中，環顧在廷，仍未有念及於此者。今逢我大行皇帝永遠奉安山陵，恐遂積久漸忘，則罪臣昔日所留以有待者，今則迫不及待矣。仰鼎湖之仙駕，瞻戀九重；望弓劍於橋山，魂依尺帛。謹以我先皇帝所賜餘年，為我先皇帝上乞懿旨數行於我兩宮皇太后之前。惟是臨命之身，神志瞀亂，摺中詞意，未克詳明，引用率多遺忘，不及前此未上一摺之一二。繕寫又不能莊正，罪臣本無古人學問，豈能似古人從容。昔有赴死而行不復成步者，人曰：「子懼乎？」曰：「懼。」曰：「既懼何不歸？」曰：「懼，吾私也；死，吾公也。」罪臣今日亦猶是。「鳥之將死，其鳴也哀；人之將死，其言也善。」罪臣豈敢比曾參之賢，即死其言亦未必善。惟望我兩宮皇太后我皇上憐其哀鳴，勿以為無病之呻吟，不祥之舉動，則罪臣雖死無憾。

宋臣有言，凡事言於未然，誠為太過，及其已然，則又無所救，言之何益。可使朝廷受未然之言，不可使臣等有無及之悔。今罪臣誠願異日臣言之不驗，使天下後世笑臣愚，不願異日臣言之或驗，使天下後世謂臣明。等杜牧之〈罪言〉，雖逾職分；效史鰌之屍諫，只盡愚忠。罪臣尤願我兩宮皇太后我皇上體聖祖、世宗之心，調劑寬猛，養忠厚和平之福，任用老成，毋爭外國之所獨爭，為中華留不盡，毋創祖宗之所未創，為子孫留有餘。

罪臣言畢於斯，願畢於斯，命畢於斯。再罪臣曾任御史，故敢昧死具摺，又以今職不能專達，懇由臣部掌官代為上進。罪臣前以臣衙門所派隨同行禮司員內，未經派及罪臣，是以罪臣再四面求臣部堂官大學士寶鋆始添派而來，罪臣之死，為寶鋆所不及料，想寶鋆並無不應派而誤派之咎。時當盛世，豈容有疑於古來殉葬不情之事。特以我先皇帝龍馭永歸天上，普天同泣，故不禁哀痛迫切，謹以大統所繫，貪陳慺慺，自稱罪臣以聞，謹奏。

眉壽鼎進士

光緒己丑科會試之前，潘文勤公祖蔭為同鄉設送場宴，在座惟吳清卿中丞非應試者。公所邀有江寧許鶴巢中翰，年高而鄉科又早，文名又籍甚，官中書，門徒甚眾。是日因腹疾辭。

席間文勤謂眾曰：「我新得一鼎，考其款識，乃魯眉壽鼎也，特刊為圖說，以就正博雅君子焉。」語畢，人各贈一紙，諸人亦不介意。吳清卿攜歸置案頭，王同愈見而愛之，乞之去。

及試期，文勤得總裁。二場詩經題為〈眉壽保魯〉。得圖者咸大悟，撇去常解，以鼎話題。榜發，中式八人，同宴者七，元和江標亦在其中。王同愈本不與宴，且中亞元，得之意外。

惟公所最屬意者在許，而許竟以疾不能赴宴。場事畢，公尚為許惜也。許屢試不第，以內閣中書終。觀王、許之得失，可見凡事有定數也。

輓聯匯志

曾文正自詡善制輓對，茲錄其膾炙人口者。有門生婦死，公輓之云：「親見夫子為文學侍從之臣，雖死無憾；觀於人言謂父母昆弟無間，其賢可知。」深得老師口脗。又介弟國華陣亡三河，公輓云：「歸去來兮，夜月樓臺花萼影；行不得也，楚天風雨鷓鴣聲。」公其時正在鄂治軍也。不著一字，自然沉痛。

又某御史輓伶云：「生在百花先，萬紫千紅齊俯首；春歸三月暮，人間天上總銷魂。」此聯久已傳誦，然以之輓妓，亦無不可。不如李芋仙刺史一聯云：「參不透絮果蘭因，結局竟如斯，逝水年華悲夢斷；拋得下舞衫歌扇，逢場今已矣，落花時節送春歸。」確切不移，的是才人之筆。

柏文信公葰因戊午科場事被誅，時有人輓以聯云：「其生也榮，其死也哀，雨露雷霆皆主德；臣門如市，臣心如水，皇天后土鑒愚衷。」於無可著筆之中，而落落大方，不著痕跡，可謂得體。

殘忍之果報

同治初，山東有餐館售生炒驢肉，味極鮮美。其法釘四木樁於地，以驢四足縛於樁，不宰殺也。座上有傳呼者，或臀或肩，沃以沸湯，生割一塊，熟而薦之。方下箸時，驢猶哀鳴也。館名十里香，極言其香可聞十里也。時長賡為山東按察使，惡其殘忍，執肆主而殺之，遂絕。

又有清江浦寡婦某者，富而不仁，嗜食驢陽。其法使牡與牝交，約於酣暢時，以快刀斷其莖，從牝驢陰中抽出，烹而食之。歲死驢無數，云其味之嫩美，甲於百物。吳清惠公時為清河縣令，亦執而署諸法焉。

噫，異哉！食品之佳者甚多，何必肆其殘忍之舉，而供一己之口腹，宜乎其不容於世也。

回教之新舊派

嘗見西史新、舊教之衝突，幾成莫解之仇。卒之，新教近人情，人皆向之，舊教亦不得不漸相混合。

豈知回教亦有新、舊耶。回教有《天經》三十部，相傳穆罕默特所著，名曰《甫爾加尼》，凡三十卷六千六百六十六章。隋開皇時，始傳其教入中國，此舊教也。新教有《閔煞力》、《毛魯的》兩經，言馬聖人為華人鋸解以死，回民誦至此，則擗踴哭泣。甘肅河州有四大門宦之目，他屬所無。四大門宦者：一曰穆扶提，猶蒙古語之巴圖魯也，又名臨洮拱拜。一曰華寺，其中有舊教有新教，新教不薙鬢，令與鬚相埒，舊教則否。一曰白莊，以地得名。一曰胡門，以其始傳教者多髭，因以名其教。此外又有大拱拜、畢家湯拱拜、張門拱拜之屬。大拱拜最古，而胡門之起不過五十餘年。拱拜者以祀其始傳教之人，傳教者既有拱拜矣，而其子若孫，因得世其業。核力法者，為門宦子孫之通稱。一厤目為寺中之領拜，而尕音夾自副，尕字字書所無，俗讀若歌甲切。胡門一名紅門。

大清順治五年，涼州回米喇印、丁國棟叛；乾隆四十六年，循化新教馬明心、蘇四十三以仇殺舊教，因而作亂；四十八年，其黨伏羌阿渾田五復叛；咸豐同治年間，西寧寧夏馬化龍、馬桂元叛；光緒二十一年，循化韓奴力叛；皆不久平定。回教中所謂罕植阿渾者，朝西域之尊稱。阿渾，猶言塾師也。考乾隆四十六年有諭旨禁習新教。

平捻冒功

同治六年十月，銘軍追捻賊於贛榆縣，有馬隊營官鄧長安者，其中表潘貴升久陷捻中，隸偽魯王任柱部下。月之上旬，逃歸鄧營，自矢刺任柱為贄而投誠。鄧攜之見主帥劉銘傳。劉諭以不必剃髮，如能得手，保二品官，賞三萬銀。

十七日下午，銘中軍駐西門外，左右軍駐東南、西南兩處。正造飯間，探報賊大隊由東南來，即拔隊迎擊。任柱親率大隊順城根來迎，劉師即於西門外順城根擊之。當未交綏時，潘見任柱來，馳馬先迎之，任柱曰：「爾何以得回？」潘曰：「有中表為馬隊營官鄧姓者保留得不死。」又問「何以不剃髮？」潘曰：「我偽對劉帥言，留髮以便出入兩軍間，勸大王降也。」任又問：「劉帥現在何處？」潘指從西來白龍長旗者即劉帥坐營也。任即傳令攻之。潘出不意，奮手槍擊其背，斃焉，遂急馳回陣報劉帥。

劉不信，以為詐，將斬之。潘曰：「且緩覘之，任柱死，其隊必嘩亂；若不嘩亂，則任未死，大帥殺我未晚也。」頃之，賊隊裡嘩囂而退，左右兩軍合擊大破之，追殺四十里，斬萬餘級。

有黃旗馬隊善慶者，舊隸僧王部，王薨，遂隸劉戲下。其時亦順城根迎擊者，爭潘功以為己功，得上賞，而潘僅得三品官、二萬銀。若據奏報之言，則死任柱者善慶也，非潘貴升也。

同時有偽魏王李永、偽遵王賴文光，皆被官兵擊散。永逃至舊縣投李世忠，世忠縛獻安徽巡撫斬之；賴文光逃至揚州，為華字營統領記名道吳毓蘭擒斬之。

外人羨我科第

日本服部宇之吉，為京師大學堂師範館教習。光緒三十四年戊申十二月回國，學部奏請賞給文科進士，奉旨依議。傳言服部自乞之也。

猶憶光緒初年，總稅務司赫德二子，仰慕中國科名，納監入籍順天，且延名師攻八股，以期應試。至鄉試年，為北皿號生群起而攻之，乃不敢入場。

嗚呼！彼時若當國諸大臣能通權變者為之奏請，特賜二舉人，一體會試，既不占鄉試皿號中額，又使外人入我彀中，豈不大妙？乃竟聽其攻而去之。厥後李文忠知之，歎曰：「朝中無人，朝中無人。」誠然。

一夜造成之塔

乾隆間，帝南巡至楊州。其時，揚州鹽商綱總為江姓，一切供應皆由江承辦。一日，帝幸大虹園，至一處，顧左右曰：「此處頗似北海之『瓊島春陰』，惜無喇嘛塔耳。」綱總聞之，亟以萬金賄帝左右請圖塔狀，蓋南人未曾見也。既得圖，乃鳩工庀材，一夜而成。

次日帝又幸園，見塔巍然，大異之，以為偽也。即之，果磚石成者，詢知其故，歎曰：「鹽商之財力偉哉！」

園遭粵寇之亂，已成瓦礫，而此塔至今尚存。

賣友換孔雀翎

乾隆帝之幸江南也，有內侍江姓者，精拳勇，號萬人敵，常侍帝遊幸，頗寵信。揚州綱總與通譜，結為兄弟，骨肉至交也。

帝還京後，江太監以竊宮中珍寶事逃去，敕下步軍統領五城查拿。江思：「匿我者惟揚州綱總江某，往投當得保護。」既至揚，綱總大為歡迎，設盛筵款之。飲畢，邀至密室謂曰：「君事大不妙，我處耳目多，藏匿非計，不如逃至海外為佳。今奉黃金千，乘夜即行，至某處海口，有我商號在彼，可設法也。」遂以金屬江圍腰中，導致後門出。門外乃甬道，夾牆皆高三丈許。既出，即聞闔門聲甚厲。江心動，恐甬道中有埋伏，乃一躍登牆，孰知上亦伏勇士數十人，見江上牆，挺擊而顛，縛而獻於巡鹽御史。奏聞，帝賞綱總布政使銜孔雀翎，同業中無不以為至榮焉。蓋彼時鹽商中僅此一枝孔雀翎也。

觴令之解圍

乾嘉間，揚州鹽商豪侈甲天下，百萬以下者皆謂之小商，彼綱總者得嘻笑而呼叱之。有皖人方某者，名下士也，會試落第後，貧無聊賴，思得一館以餬口，遂有友人介紹於揚州鹽商汪姓家，安徽人，乃小商也。念鄉誼，又為京官所薦，雖留之，不之異也。一日，綱總家大宴會，汪亦在坐。凡諸商宴集時，必各攜一門客往，有觴政等事，可使之代也。是日主人行飛字令，以詩中有紅字者飲。至汪，汪曰：「柳絮飛來一片紅。」眾大笑曰：「此杜撰也，柳絮焉得紅？」舉罰觴以進。方曰：「諸公毋然，此明人詩也。吾居停不憶上句，故不與君等辯，非杜撰也，上句乃『夕陽返照長堤外』也。」眾默然而罷。汪歸，謝以千金，謂：「非君解此圍，則我為眾辱矣。」由是尊為上賓焉。

城隍昭雪冤獄

光緒初年，河南鎮平縣盜犯王澍汶臨刑呼冤一事，邸抄所載不甚詳。其時，知鎮平縣者為方某，少年進士而初任也。其事則尋常盜劫耳。案出時，見刑幕東塗西抹，與所供多不合，怪而問之。幕曰：「我等皆老於申、韓者，公讀書初出茅廬，不知其中玄妙也。」方即不敢再問。獄上，決有日矣。

是日，縛澍汶赴市曹，監斬官撫標中軍參將並開封知府唐某也。澍汶一出獄，即大聲呼冤。檻車道出城隍廟街，不由人馭，直趨入廟中庭下而止，而澍汶仍呼冤不已。廟距撫署甚近。其時六安涂宗瀛為巡撫，聞之亟遣詢，乃命返獄中另鞫。始知王澍汶為盜首，真者早遠颺，捕者獲其孌童，紿之曰：「官呼爾為王澍汶，爾即應之。」更教以供詞，且言：「澍汶已代爾謀出獄事，慎毋泄。」及將斬，始知為所欺，故呼冤不已。

據唐太守云：「是日事誠有異，御檻車者二人，竟不能制一騾，騾直向廟中，亦不可解，豈冥冥中真有鬼神在耶？」是案亦經刑部提訊。知縣方某，潘文勤門生也。文勤時掌刑部，詢其故，方因舉刑幕所言以對。文勤大怒，命逮刑幕，方革職，省中承審各員皆獲咎有差。

戊戌變政小記

光緒二十四年歲次戊戌，清德宗皇帝銳意維新，用康、梁之言，設新政府，以圖改革。天下之民莫不引領以觀厥成，竊以為中國之強可計日待也。不料四十日即推翻矣，新章京被斬矣，德宗被幽矣，西后復臨朝矣。漸至於庚子拳匪之亂，其不亡國者幾希。余嘗舉戊戌變政之諭旨，及推翻後之偽諭，錄而存之，俾後來者知當日之梗概焉：

二十四年正月初六日上諭：「給事中高燮曾奏請設武備特科一摺，著軍機大臣會同兵部參酌中外兵制一併議奏。」

同日上諭：「總理衙門遵議貴州學政嚴修請設專科一摺。據稱，該原奏一為歲舉，一為特科，先行特科，後行歲舉。特科約以六事：一內政，凡考求方輿險要鄰國利病民情風俗者；二外交，凡考求各國政事條約公法律例章程者；三理財，凡考求稅則礦務農功商務者；

四經武，凡考求行軍佈陣管駕測量者；五格物，凡考求中西算學聲光化電者；六考工，凡考求各物製造工作者。由三品以上京官及督撫學政各舉所知，無論已仕未仕，註明其人何所專長，在保和殿試以策論，嚴定去取，評列等第。覆試後，引見候擢。此為經濟特科。以後或十年或二十年一舉，不拘常例。歲舉則每屆鄉試年分，由學政調取新增算學、藝學、各書院學堂高等生監，錄送鄉試，初場專門，次場時務，三場仍四書文。凡試者，名曰經濟科，中貢士者，亦一體覆試殿試朝考等語。仍著該衙門妥議具奏。」

四月二十六日上諭：「徐致靖奏保薦通達時務人才一摺，康有為、張元濟，著於本月二十八日預備召見；黃遵憲、譚嗣同著送部引見；梁啟超著總理衙門察看。」

五月初五日上諭：「（前略）乃近來風氣日漓，文體日敝，所試時藝大都隨題敷衍，罕有發明。而空疏者，每濫竽充選。若不因時變通，何以見實學而拔真才？自下科始，鄉、會試及生童歲科各試，一律改試策論，一切詳細章程該部即妥議具奏。」

五月初八日上諭：「前因京師大學堂為各行省之倡，特降諭旨，令軍機大臣、總理衙門王大臣會同迅速覆奏。」

五月十六日上諭：「總理衙門奏議覆御史曾宗彥奏請振興農務一摺。（中略）農務為富國之道，是在地方官隨時維持保護，實力奉行。上海近日創設農學會，頗開風氣，著劉坤一查明章程，咨送總理衙門查核頒行。其外洋農學諸書，著廣為編譯以資肄習。」

五月十七日上諭：「（前略）各省士民若有新書以及新法製成新器，果係足資民用者，允宜獎賞以為之勸。所製之器，酌定年限，准其專利。有能獨立創建學堂、開闢地利、興造槍炮各廠，有裨於興國殖民之計者，並著照軍功例給予特賞。」

五月二十九日上諭：「孫家鼐奏原任詹事府中允馮桂芬校《邠廬抗議》一書最為精密，著迅即飭刷一千部，剋日送交軍機處。」

六月初一日上諭：「張之洞、陳寶箴奏請飭妥議科舉章程一摺。（中略）著照所擬，鄉、會試仍定為三場。第一場試中國史事論五道，二場試時務策五道，三場試四書義兩篇、五經義一篇。首場中額十倍錄取，二場三倍錄取，取者始准試次場。每場發榜一次，三場完畢，如額取中。其歲科試生童，亦以此例推之，先試經古一場，專以史論時務命題，正場試以四書五經義各一篇。至詞章楷法未可盡廢，如需用此項人員，自當先期降旨考試，偶一舉行，不為常例。嗣後一切考試，不得憑楷法之優劣為高下。」

七月初三日上諭：「（前略）嗣後一經殿試，即量為授職。至於朝考一場，著即停止。（下略）」

七月初六日上諭：「總理衙門代奏主事康有為陳請興農殖民以富國用一摺。即於京師設立農工商總局，派直隸霸昌道端方、直隸候補道徐建寅、吳懋鼎等督理。端方著開缺，同徐建寅、吳懋鼎均賞三品卿銜，准其隨時具奏。（下略）」

七月十三日上諭：「湖南巡撫陳寶箴奏保人才，湖南候補道夏獻銘、黃炳離，前內閣學士陳寶琛、侍讀楊銳，禮部主事黃英采，刑部主事劉光第，廣東候補道楊樞、王秉恩，江蘇候補道歐陽霖、杜俞、柯逢時，江西候補道惲祖祁，湖北候補道徐家幹、薛華培、左孝同，均著來京預備召見。」

七月十四日上諭：「近日臣工條奏，多以裁汰冗員為言。（中略）如詹事府無事可辦，通政司、光祿寺、鴻臚寺、太僕寺、大理寺等衙門半屬有名無實，均即歸併內閣及禮、兵、刑等部辦理。外省如直隸、甘肅、四川等省皆係總督兼管巡撫事，惟湖北、廣東、雲南三省督撫同城，原未劃一，現在東河在山東境內者，已隸山東巡撫管轄，只南河河工由河督專辦，著將湖北、廣東、雲南三省巡撫併東河總督一併裁撤，均著以總督兼巡撫事，河督即歸併河南巡撫。至各省漕運，多由河運，河運所費無多，應徵漕糧亦多改折，淮鹽所引省分，亦各分設督銷，其各省不辦運務之糧道，及向無鹽場儘管疏銷之鹽道，亦均著裁撤。此外如各省同通佐貳等官，有但兼水利鹽捕並無地方之責者，即查明裁汰。其餘京外猶有應裁文武各缺，著分別詳議趕辦。至各省設立局所，名目繁多，虛糜不可勝計，著將各局所中冗員裁撤淨盡，並將分發捐納勞績人員，嚴加甄別，即一月辦竣。」

七月十六日上諭：「懷塔布據稱禮部主事條陳挾制等語，朝廷廣開言路，前經降旨，毋得拘牽忌諱，稍有阻格。若如該尚書所奏，即係狃於積習，致成壅蔽。懷塔布著交部議處，王照原呈著留覽。」七月十九日吏部議：「禮部尚書懷塔布、許應騤，左侍郎堃岫、徐會澧，右侍郎溥頲、曾廣漢均著革職，王照賞三品頂戴，以四品京堂用。」

七月二十日上諭：「（前略）著工部會同步軍統領衙門五城街道廳將京城內外河道一律挑挖深通，並將各街巷修墊平坦。款由戶部籌撥。」

同日上諭：「內閣候補侍讀楊銳、刑部候補主事劉光弟、內閣候補中書林旭、江蘇候補知府譚嗣同均著賞四品卿銜，在軍機章京上行走，參預新政事宜。」

七月二十四日上諭：「孫家鼐奏請設醫學堂，考求中西醫學，當令大學堂兼轄。」

同日上諭：「孫家鼐奏遵議徐致靖酌置散卿一摺，酌置三、四、五、六品學士各職，遇有對品之卿並翰林對品缺出，一體開單請旨。」

同日上諭：「刑部代遞主事蕭文昭請設茶務學堂、蠶桑學堂，著各督撫迅速籌議開辦。」

七月二十七日上諭：「瑞洵奏南漕改折並屯田裁併各摺，交奕劻、孫家鼐會同戶部妥議。」

同日上諭：「黃思永籌款設辦速成學堂，著即如所請，籌款試辦。」

同日上諭：「都察院代奏四川舉人陳天錫所請，將大挑、教職、謄錄各項人員於會試薦卷中挑取，及科甲候補人員准其一體考差。」

同日上諭：「中書祁永膺奏請將各省教職改為中小學堂教習，著詳議。」

同日上諭：「刑部主事顧厚焜呈請郵政廣設分局，各省一律舉辦，著妥議。」

同日上諭：「瑞洵奏稱於京師創設報館，翻譯新報，即著創辦以為之倡。」

同日上諭：「國家振興庶務，兼採西法，牧民之政，中西所同，而西人考究較精，故可以補我未及。（中略）故日夜孜孜改圖新法，豈為崇尚新奇，乃眷懷赤子，皆上天所畀、祖宗所遺，非悉令其康樂和親，朕躬未為盡職。加以各國交通，非取人之長，不能全我之所有。朕用心至苦，而黎庶猶有未知，咎在不肖官吏與守舊士夫，不能廣宣朕意。（中略）今將改行新政之意，佈告天下，使百姓咸喻朕意，上下同心以強中國，朕不勝厚望。著查明四月二十三日以後所關乎新政之諭旨，各省督撫均迅速照錄，刊刻謄黃，切實開導，各省州縣教官詳切宣講，各省、藩、臬、道、府飭令上書言事，毋得隱默顧忌。其州縣官應由督撫代遞，即由督撫將原封呈遞，不使稍有阻格，總期民隱盡得上達，督撫無從營私作弊為要。此次諭旨，並著懸掛督撫大堂，俾眾共觀。」

七月二十八日上諭：「（上略）即著各省督撫傳知藩臬道府，凡有條陳，均令其自行專摺具奏，毋庸代遞。至州縣等官言事者，即由督撫將原封呈遞；至士民有欲上書言事者，即由本省道府等隨時代奏，均不准稍有抑格。」

以上皆德宗銳意新政切實講求之證，非若後來以新政塗飾天下耳目，藉便私圖也。

至八月推翻之後，八月十一日偽諭：「著將詹事府、通政司、大理寺、光祿寺、太僕寺、鴻臚寺等衙門照常設立，毋庸裁併。又凡有言責之員，自當各抒讜論，其餘不應奏事人員，概不准擅遞封奏，以符定制。又時務官報無裨政治，徒惑人心，著即日裁撤。又所有官犯徐致靖、楊深秀、楊銳、林旭、譚嗣同、劉光弟、並康有為之弟康廣仁，著軍機大臣會同刑部都察院嚴行審訊。」

八月十三日偽諭：「榮祿著軍機大臣上行走，裕祿著補授直隸總督。所有北洋各軍仍歸榮祿節制。」

八月十四日偽諭：「康有為實為叛逆之首，著各省嚴密查拿，極刑懲治。梁啟超狼狽為奸，所著文字，語多狂謬，著一併嚴拿。康有為之弟康廣仁，御史楊深秀，軍機章京譚嗣同、林旭、楊銳、劉光第等，與康有為結黨，隱圖煽惑，情節較重，是以未候覆奏，於昨日諭令將該犯等即行正法。」

八月十四日偽諭：「已革翰林院侍讀學士徐致靖著永遠監禁。編修徐仁鑄著革職，永不敘用。」

十五、六等日偽諭：「左都御史著懷塔布補授，並授內務府總管。戶部左侍郎著徐會灃署理。」

二十日偽諭：「溥頲補授內閣學士兼禮部侍郎。」

二十一日偽諭：「湖南巡撫陳寶箴濫保匪人，著革職，永不敘用。伊子吏部主事陳三立招引奸邪、著一併革職。四品京堂江標、庶吉士熊希齡，庇護奸黨，暗通消息，均著革職，永不敘用，並交地方官嚴加管束。」

十九日偽諭：「李端棻即行革職，發往新疆，交地方官嚴加管束。」

以上皆戊戌一歲中之事。至二十六年庚子夏，拳匪倡亂，親貴庇賊，致啟各國之釁，京師不守，兩宮播遷陝西，於是有十二月初十日敷衍變法之諭，去精神而求糟粕，愈變愈壞，人心愈失，以迄於辛亥十二月壽終矣。

合觀前後各諭旨，前者令人歡欣鼓舞，後者令人怒髮衝冠。德宗變法，何等懇切肫摯；西遷後之變法，僅欺飾人民而已。且不僅欺飾也，方借此破格之名，而大開賄賂之實，在彼親貴，方人人自為得計，不知樹倒猢猻散，迄今日又從何處博得一文哉！尤可笑者，斥康、梁為叛逆、為奸邪，懸賞購之，恨不即日磔之，孰知異日偽行新政，仍不出康、梁所擬範圍以外，自古有如此無恥之政府乎？噫，異矣！

按：戊戌新政雖未成，而德宗名譽，已洋溢乎中外，泰西人至稱之為中國大彼得，足徵其佩服深矣。愚以為不有戊戌之推翻新政，必不致有拳亂；不有拳亂，革命事業無從布種。凡事莫不有因果，辛亥之結果，實造因乎戊戌也。

第五卷　卷中二

屬國絕貢之先後

京師舊有會同四譯館，在正陽門東城根玉河橋，沿明舊地也。屋共三百餘間，專備外國貢使駐足之地，凡朝鮮、琉球、越南、緬甸、暹羅、廓爾喀諸國來者皆駐焉。以余所知而言，暹羅咸豐間尚入貢，嗣因粵寇作亂，海道不通，遂絕。琉球則於光緒六年滅於日本。越南亦於六七年間為法人蹂躪，直逼其都，國主遣使臣入中國求援，居天津半年餘。時李文忠為直隸總督，以其私訂條約，未曾請示天朝，不便保護，拒之，二使臣痛哭而歸，其實文忠不敢與法人開釁也。琉球尚世子亦在天津，每晨必長跪文忠轅門外，俟文忠輿出，則作秦庭之哭。文忠每遣武弁慰諭之，如是者數月之久，亦痛哭而歸。

緬甸之役，在乾隆朝本係敷衍了事，並未掃穴犁庭執訊馘醜也。大兵僅達木邦而止，即以木邦土酋為王，與之訂十年一貢之例。至光緒八九年間，英人佔據緬甸後，大為整頓，至十三年遂與我駐英公使訂緬甸條約矣。朝鮮則歲有例貢，海道距山東一葦可航，然不准由海行，必須遵陸渡鴨綠江，出奉天，過榆關，而至京師。迂道千餘里之遙，不以為苦。彼國商人，恒藉歲貢以獲大利，蓋以貨物雜貢品中，出入兩國之境，皆免稅也。以高麗參為大宗，布次之，紙發海味又次之。每十月來，次年七月歸，以為常，及為日本所滅，而貢亦絕。於是四譯館鞠為茂草矣。

惟廓爾喀與前清相終始，至光緒季年，猶見邸抄中有入貢之事。彼國亦十年一貢也。

琉球貢使

清同治四年，余在常州，喧傳有琉球貢使過鏡，偕眾往觀。

使舟泊西門外接官亭下。久之，見二役舁一方箱至，一騎持名帖隨之，立岸上，大呼曰：「使臣接供應！」即見使舟有二人出，如僕隸狀，跪鷁首，向岸叩頭，亦大呼曰：「謝天朝賞！」於是二役即舁箱入舟中，亦不知何物。須臾，舁空箱隨騎者匆匆去。久之，武、陽兩邑令呵殿來，輿立河干，兩令端坐不動，執帖者以名帖兩手高舉，大呼：「使臣接帖！」於是正副二使臣出，至鷁首，向岸長跪，以兩手各捧一邑令之名帖戴於頂，而口中自述職名焉。兩大令但於輿中拱手，令人傳免而已，不下輿也。禮畢，使者入倉，兩令亦呵殿歸署矣。郡守位尊，不往拜也。兩令之名帖，以紅紙為之，長二尺，寬八寸，雙摺，居中一行，大書「天朝文林郎知常州某府、某縣、某某人頓首拜」。字大徑二寸許，此余所目睹也。

至所聞則更可異矣。琉球貢道只准收福建海口，至閩後，即須由內地前進。聞到閩後，浙閩總督有驗貢之例。是日，總督坐大堂，司道旁坐，府縣則立侍案側，兩貢使手捧表文、貢單，至頭門即跪，報名，膝行而進。至公案前，以表文、貢單呈驗，總督略閱一過，傳詢數語，即令賜食，即有一役以矮桌二置大堂口，酒餚亦續續至，二使者叩頭謝，乃就堂口席地坐而食之，各官仍坐堂上也。須臾食畢，復向上九叩首謝恩畢，乃鳴炮作樂掩門，無私覿之禮也。

琉球服裝，衣寬博之衣，腰繫大帶，寬尺許，以顏色分貴賤，冠亦如之，冠似僧冠而稍高，惟足則中國之緞靴，蓋彼居本國皆赤足，惟入貢始靴也。其僕役則宛然戲劇中所扮蒼頭狀，一身皆黑，最易識別。

考琉球全國之地，不過中國一大縣，本無國王也。明洪武好大喜功，賜其土酋金印，封為國王，又賜閩人善操舟者三十六姓以為之輔，於是儼然一國矣。其時日本正當幕府時代，列藩分封，不相統一，琉球遂幸延國脈四百餘年。及日本推翻幕府，力行新政，回顧臥榻之下，有人酣睡，又非條約之國，遂一鼓滅之，夷為沖繩縣矣。

聞亡國之王為世子時，曾在京師國子監肄業，徐小匆孝廉為其教習，授以試帖詩，居然能工，逮歸國為王後，常與臣下聯吟，亦不廢政事。惟貧小而弱，無力豢兵，國之不國，不待日本之吞而始知也。

馬復賁越南使記

乾隆間征越南，擬治阮光平篡弒之罪，復黎氏社稷。會王師大敗於富良江，阮光平懼中朝大舉復仇，遂卑詞乞降。帝因彼既勝而降，遂亦許之。於是加封號，揮宸翰，恩禮稠疊。及光平來朝，復賜宴賜詩，賜遊三海，待以隆禮。光平歸國，仍復不靖，時以我國沿海盜舟供其指使，劫奪商民，且封海盜為提督總兵諸官，海疆官吏無可如何。黎氏殘裔歸國後，復為阮光平所殲，中朝亦不過問。

至同治間，法人開殖民地至越南，見其地勢沿海，土肥人蠢，思久據之，始而通商，繼漸逼入內地。時越南王告急於中國之書不知凡幾矣。朝命李文忠派員前往，偵探實情。令下，無人應者。

有桐城馬復賁者，以應試不第，依其兄居天津，兄為操江練船管駕官，忠裔也。復賁請於兄，願應募往，兄遂為介紹於文忠。文忠大喜，許以歸來後，必專摺以薦，惟此時亦宜有職銜，乃立畀雙月候選同知執照以行。此光緒七年事。復賁少有大志，好酒任俠，弛斥不羈，好讀書而不工舉業，嘗作乘風破浪之想，此行而願遂矣。其行程由內地廣西出鎮南關，終日行深箐密林中，虎狼之叫嗥，瘴癘之惡毒，一無所恐，隨役死二人，而復賁且無恙也。既間關至越南，達中朝君相意旨，留其國者二年。

於八年壬午冬，伴越南二使一范姓一阮姓者來天津乞援師。文忠卻其請，而越遂亡。文忠旋丁內艱，朝命合肥張樹聲署直督，文忠以復賁屬之，張已奏請以五品京堂用。已屬稿矣，會有譖復賁於張者，言其酗酒狎妓事，遂不果薦，僅以同知終。文忠復蒞，亦無如何矣。

噫！以復賁之勇俠，使將一軍，頗足以伍絳、灌，惜不遇知己，奈何！其在越南時，有致友人書一通，茲錄之以證當年之實事焉。書云：

（上略）越土之廣，古交阯無是也，實由乾隆中兼併占城、真臘二國而然。自是分為南北二圻。乃得之未久，而南圻極南海濱沃壤，為法人侵佔。同治十二年，法商以運械往雲南，道出北圻東京，羨其地之富，乘間攻取。法以數十人之力，數日之中，連下八省都會，越人無計禦侮。其時，雲、廣與越交界隙地，土匪出沒於深山密箐中，劫殺邊民。內有劉永福者，廣東欽州人，素梟桀，有越官與相識，遂招其拒法。法受創，與越人成約而罷。因其地形險阻，民心未附，法遂幡然變計，陽尊以虛名，而陰收其利，越人為其所愚。數年以來，察地撫民，根深蒂固，一二年前，時有侵侮之事。越人噬臍莫及，復欲乞援於朝廷，而私與法人立約一節，顯背國法，自知未能蒙允，忍而不發，以至於今。劉永福自助越人擊退法兵後，該國授為三省提督，駐紮宣光一帶，設關徵稅，裕餉練兵，雖未必忠於越人，而仇視法人，實其本願。雲南自普洱、臨安東至開化各府，皆與越交界。萬山重疊，路極崎嶇，內有大河三：一由蒙化東南流歷元江、臨安至蒙自境入越界，名元江，下流名洮江，東流六百里，歷越之宣光、興化、山西各省至其東京；一由蒙化南流，名李仙江，又名把邊江，歷普洱、思茅南入越之興化省，折而東流七百里，名陀江，亦至東京，北與洮江會；一由開化南流入安平，入越界下流，名宣江，歷越之宣光山南流四百餘里至東京。三江總匯，名為富良江，一名珥河。又東南流三百餘里，分為數十派，瀠洄而東入於海，此地形之大略也。劉永福所駐之地，即洮江中流，雲、越交界要隘。法之圖越也，實意在雲南礦產之富，若越之東京，則早已在其掌握中矣。第因永福積仇，扼守中路，道阻不通。從前法、越約中，原載明通商中國雲南一節，今法人以永福即為越官，礙其通商之路，即係越人背約。去年八九月間，法人定議先攻越南，故貴於十一月奉差赴越，傳語國王，留其都城二十日，反覆筆談數萬言。今年三月初八日，法陡興兵將東京攻破。其時貴適在彼，身入其中，彼此商辦，法人亦知理屈，仍將城池交還越人。貴即飛請速派大員來此，大可補救。適合肥丁艱，張公置任，遂將此事束之高閣云。

據余聞人言，劉永福之棄越投清，亦復貴之計畫，嘗詢之，而彼不承認也。嗟乎！以酗酒狎妓之微嫌，遂沒其困苦艱難之功業，中朝之賞罰不均，於此可見一斑矣。

緬甸訂約之失敗

緬甸既敷衍了事後，遂定十年一貢之例。逮英人破阿瓦都城，逐其國酋，夷其宗社，而中朝尚復不知。於是有光緒十三年與英人定《緬甸條約》。茲錄之以證中朝自欺之笑柄焉：

大清國大皇帝，大英國大君主、五印度太后帝，因欲固存兩國友睦，歷久不渝，並廣開振興彼此人民通商交涉事宜。茲由大清國特派管理總理各國事務衙門多羅慶郡王、總理各國事務衙門大臣工部左侍郎孫，大英國特派賞佩二等邁吉利寶星、前署駐華大臣、今美京頭等參贊大臣歐，將所議條款開列於左：一、因緬甸每屆十年，向有派員呈進方物成例，英國允由緬甸最大之大臣，每屆十年派員循例舉行，其所派之人應選緬甸國人。一、中國允英國在緬甸現時所秉政權，均聽其便。一、中緬邊界應由中英兩國派員會同勘定，其邊界通商事宜，亦應另立專章，彼此保護振興。一、煙臺條約另議專條。派員入藏一事，現因中國察看情形，諸多窒礙，英國允即停止。至英國欲在藏印邊界議辦通商，應由中國體察情形，設法勸導，振興商務。如果可行，再行妥議章程。倘多窒礙難行，英國亦不催問。一、本約立定，由兩國特派大臣在中國京城將約文漢英各三分，先行畫押，蓋用印章，恭候兩國御筆批准，再於英國京城速行互換，以昭信守。光緒十三年二月初八奉旨依議。欽此。

按：第一條具見英國外交手段，以虛名與中國，第二條則實利歸己矣。第四條更見狡猾，彼已與藏番連年開釁，藏恃城險，英恃炮利，互有勝負，未得便宜，意欲使中國飭令藏番降服，而又不肯明言，恐違公法，故隱約其辭，且示退讓，則中國與藏番不得不入其玄中矣。彼總理衙門群豕烏得知之。

廓爾喀貢使

乾隆間征服廓爾喀事，載之《聖武記》中。逮至英倫，見使署舊日檔案，始知廓當日舉兵，實非抗中國也，乃欲伐印度也。印與廓有切齒仇，久欲得印而甘心焉，自顧力量不足，擬借上國以為助。其時譯音不通，廓之語言又為印、藏夾雜之音，愈不能解。及見兵起，邊吏倉皇入告，乃命福康安征之，故一戰即降。

降後上書於福康安，詳述由廓入印山川道里甚悉，請發大兵收印度，願為嚮導。福據以上聞。乾隆帝忽疑廓此舉為復仇之計，將引我重兵深入腹地聚而殲旃，不允所請。且其時正用兵西北，開闢新疆，亦無暇他顧。厥後英人之滅印度亦廓爾喀導之也。惜哉！使當日移征新疆之師而收印度，而今日富甲地球矣，即鴉片亦無由而興，何有於禁，九州鐵不能鑄此大錯也。自是廓亦定十年一貢之例。

光緒元年冬，余在京候試，忽市上喧言有外國人入貢者，奇形怪服，非所常見，余亦隨眾往觀，見其由永定門大街過天橋，入正陽門，而至四譯館止焉。貢品、行李、隨從及護送兵役約四五百人。其使臣二人皆衣滲金寬博之衣，皆紅紫色，冠皆如和尚所冠之毘盧帽，而中較高，上似有金繡之飾。各手一素珠，乘四人肩輿，無蓋無帷，如廟中神轎狀。大惑不解。明日見邸抄，始知為廓爾喀也。相傳四譯館中能廓語者，僅譯吏一人，語且不精。幸廓使能英語，遂以英語相酬答焉。

至光緒三十一年，又見其入貢，絕不以中國貧弱而反顏，可謂有始有終矣。今則為英之保護國，亦漸更其政俗，然其教則仍佛教也。

哲孟雄之倖存

印、藏之間又有小國名哲孟雄者，周遭僅中裡七十餘里耳。本為藏番部落，每由西藏入貢之期，亦附貢微物，聊以將意而已。英人欲通商西藏，必於達吉嶺開埠為轉輸停頓之地，欲開達吉嶺，必道出哲孟雄，遂力爭哲孟雄於總理衙門，以為本係印屬小國。總署函致駐英公使爭之，於是星使命隨員各抒己見。

有湖南新化人鄒代鈞者，為鄒叔續太守漢勛之孫，輿地名家也。援古證今，原原本本考據哲非印屬。呈星使，亦不置可否，以示總文案方培容。

方，字子涵，上元人，見鄒說，大聲曰：「欽差如商量此等大事，不可委之書生，彼皆據《海國圖志》及《瀛寰志略》等書，妄騰臆說耳。中國古書，萬不足恃也。既英人欲得哲孟雄，不如與之，中國何在乎此七十里小部落哉！」星使亦不能決。方又曰：「何不與馬參贊商之？」星使以為然。

馬參贊者，英人馬格里也，自郭嵩燾奉使時，即授馬二等參贊，借以通兩國之情。馬雖英人，然忠於所事，並不助英以欺中，英人亦重之。及問馬，馬曰：「容細查之。」即登樓覓鄒曰：「君輿地專家也，請據中國古書為我考察哲孟雄究奚屬者。」鄒曰：「已進一說於公使矣。」馬即詢星使。星使曰：「方子涵云中國古書恐靠不住。」馬曰：「是何言？中國書論中國事猶以為靠不住，豈外國書論中國事反靠得住耶！」取鄒稿去，即據以譯成英文，而復英外部焉。英外部亦無異說，乃照租借例定議而已。

方在八股時代，頗有文名，不料一入仕途，頓喪其天良如此。

新加坡之紀念詔書

余隨使泰西時，道出新加坡。其時中國總領事為左秉隆，字子興，廣東人，京師同文館學生也。能通英、法、德三國語言文字，研究外交，頗有心得。曾惠敏公攜之出洋，即任以新加坡總領事。

時觴余等於署中，見其書室中有畫龍竹筒十餘枚，皆長三尺許，兩端皆以蠟印封固，異而詢之。左歎曰：「此皆歷年中朝所頒暹羅、緬甸等國恩詔、哀詔也。製成後，循例頒寄，亦不計人之受與不受。代寄者大都皆中國海商，一至新加坡即交與領事衙門，日積月累，遂有如此之多。使果寄至彼邦，彼亦必不承認，反生枝節，不如留此以為紀念而已。」繼又曰：「英人已屢次請求一二幅為博物院之陳列品，吾不敢也。」

盜用巡撫印

同治中葉，湖南盜用巡撫印文一獄，幾搖動大局，幸知縣某精細，未釀大禍。

先是，長沙有名妓廖玳梅者，色藝冠一時。省紳某位尊而多金，昵之，欲納為妾，廖不允。有外縣紳某者亦昵之，其人家亦不貧，且年少美丰姿，廖久屬意矣。外縣紳每逢省中課書院必至，至即宿廖所，而屏省紳於門外，省紳頗銜之。

一日，外縣知縣某忽奉巡撫密札一通，謂該縣紳士某某等六人勾結髮逆餘黨，擬在省城作亂，已偵獲同黨多人，供證鑿確，即將某某等六人密拿正法云云。令得此札大驚異，蓋此六人皆邑中清白公正之士，其中皆舉人五貢之類，且家皆殷實，文名籍甚，何致有悖逆舉動？遂商之刑幕。幕將院札閱數過，拍案曰：「此文偽也，焉有督撫印文而無監印官銜名者乎？公須親赴省垣，密商布政，取進止。」令乃行，謁布政，以情告。

布政亦細閱撫札，不能決。語令曰：「爾明日毋出面，俟我上院詢明後，再商辦法。」

次早，布政入見巡撫，密問曰：「如某縣某孝廉某拔貢者非公書院門生耶？」中丞曰：「然。是皆高才生，累列首選，吾甚刮目者，豈有所干求耶？」布政曰：「否。聞公欲殺此數人，何也？」中丞大驚曰：「何來此言？孰誑爾耶？」布政曰：「有據在。」乃出印文授之。中丞面色如土，顫聲答曰：「印則是也，我何嘗為此？」布政乃述其由，中丞益駭曰：「是不可不究。」因嚴鞫署中男女僕婢等。有夫人小婢曰：「某日有某賣婆來，似曾向夫人乞印文焚疏事。」亟逮賣婆至，初不承，繼將用刑，乃哭曰：「是省紳某賄我求夫人者。」立命逮某紳，一訊而服。

蓋省紳欲娶廖，廖意終不屬。省紳曰：「爾屬意者如目前暴卒，則奈何？」廖曰：「某若死，則嫁爾。」省紳乃出此毒計，思假縣令手而殺之也。彼五人亦因公事與省紳齟齬，結怨甚深，擬一併除之以為快。於是案乃大白。

廖逃至外縣，追捕監禁。賣婆與省紳皆擬斬。中丞夫人吞金死，中丞告病去。布政升巡撫。某令則調署大缺以酬之。中丞劉琨，雲南人。布政李恒，江西人。其餘人名、地名當日告者皆詳之，今忘之矣，僅憶一妓一撫一藩耳。

巧對

曩在京師見有屬對之工者，輒記之，以資談助。

「麥秋至」對「桑春榮」，「三白瓜」對「萬青藜」，「青龍棍」對「朱鳳標」，「陶然亭」對「張之洞」，「獅子狗」對「熊伯龍」，「烏鬚藥」對「黃體芳」，「李象寅」對

「楊猴子」，「赤奮若」對「朱逌然」，「杜鵑花」對「李鴻藻」，「老闆」對「童華」，又「樹已半枯休縱斧」對「果然一點不相干」。

以絕不相當之二語，集而成對，覺字字銖兩悉稱，可稱工妙絕倫。

古今事無獨有偶　二則

（一）

吳翌鳳《遜志堂雜鈔》引《猗覺寮雜記》云：

某縣有尉，夜半叩令門求見甚急。令請待旦，尉不可，不得已披衣起，延尉入。問曰：「事何急，豈盜賊待捕恐失時耶？」曰：「否。」「豈有疾病倉猝耶？」曰：「無。」「然則何急？」曰：「某見春夏之交，農事方興，又使養蠶，恐民力不給。」令笑曰：「然則君有何妙策？」曰：「某見冬間農隙無事，不若移養蠶於冬為便。」令曰：「君策真非古人所及，奈冬無桑葉何！」尉瞠目不能答，久之長揖，曰：「夜深矣，請安寢。」

閱此不覺失笑。古今事真有如出一轍者：

光緒中葉，金陵有需次通判甘某者，司東臺縣釐稅，每夜必戎裝持械攜兵役遍巡城市。一夜，巡至縣署前，已四更矣，叩署門請見甚急。令以為火盜之警也，披衣起見之，問何事。甘曰：「無他，適已出巡遍城闉，恐君更出為勞耳，故來告，請安睡也。」令曰：「吾早寢矣，公來始起也。」甘亦惘惘而去，古今事無獨有偶也如此。

（二）

寄園《寄所寄》所載：

明山西喬御中廷棟，起家進士，巡方三省。罷官家居時，每晨必具衣冠，升堂高坐，命僕役呵唱開門，以次伏謁，或作控訴狀，喬一一為之剖判訖，然後如儀掩門。每日如此，聞者無不匿笑。

不意今時亦有相類者：

光緒間，有皖人張傳聲者，入資為河南候補道，加花翎二品銜。其面目臃腫有癡態，腹如五石瓠，食兼數人。需次汴省無差委，每日晨起盥漱早食畢，即冠珊瑚冠、孔雀翎，數珠補服，由內室而出，中門置一雲板，出則擊之，僕則高呼：「大人下簽押房矣。」

既就坐，一僕進茗碗，一閽者持手版十餘如折扇式，口稱某某等稟見，其實並無一人也。張則手舉茗碗，作官腔曰：「道乏罷。」閽者斜步出，則又高呼曰：「傳伺候，大人下來矣。」張乃雅步登肩輿，出門拜客矣。亦每日如是，如演劇然。

此葉孝廉士芬為予言。葉、張之同鄉也，癸卯借汴闈報罷後即館其家，初見此狀，不覺大笑，以為此公殆官癡也。張丁外艱，奔喪歸，死於中途逆旅中。

命名不可不慎

士大夫命名不可不慎，或貽笑柄，或誤功名，皆由於此。

湖南游子岱方伯智開，應鄉試時名於藝。中式後，主司喬勤恪公謂之曰：「爾名當改。」游不悟，問何故。喬曰：「爾歸閱《日知錄》便知。」游閱至黃幡綽、鏡新磨故事，乃恍然，遂更名智開。

江西勒少仲中丞應拔萃科時，名人璧。及選貢，學使者謂之曰：「爾名當改。勒人之璧，是何行止。且璧與逼同音，既勒人，而又人逼，非義也。」乃更名方錡應朝考焉。

武進王頌平大令國均，戊辰進士，書法甚佳，殿試已列入前十本進呈矣，及臚唱，太后聞之曰：「好難聽。」蓋「王國均」之音與「亡國君」同也，遂抑置三甲，以知縣發安徽，被議改教職，為山陽教諭二十年。復以卓異選雲南某縣令，未之任而卒，潦倒終身。

又曾文正公中鄉舉時，榜名子城，字居武。余在京曾見是科鄉試同年錄。會試時，座師命改國藩焉。此事近三十年殆無人知之矣。若今之以「國」、「魂」、「俠」、「血」等字命名者，更卑卑不足道矣。

驗方　三則

（一）治咽嗝奇方

治咽嗝奇方，用老梗蘇泡水和麵粉，俟日食時，在日中搓為丸，須即日曬乾，丸皆中空，治咽嗝有神效，此理不可解。

光緒二十二年丙申七月朔，日有食之，余目睹武進王仲光孝廉在蘇州製此丸，中果空也。他時製之則不然。

（二）龍眼核止血止痛

龍眼核去黑皮，研極細末，治刀傷，立刻止血止痛。余見此方後，即手製約三四兩許，久未有用。

一日，在金陵見一木工誤以斧傷小童面部，血流如注，憶及此，與敷之，頃刻血止，亦不疼，且能速癒。是亦不可解也。

（三）陳菱殼燒灰治小兒黃水瘡

小兒黃水瘡，潰爛出水，甚至不能坐臥。用風菱燒灰研末塗之，一二日即癒。菱殼燒灰，愈陳愈佳，洞庭山所產尤佳。

此極不直錢之物也。崑山張敬夫、廣文芬傳余此方，癒小兒甚多也。

光餅

蘇州市上有賣一種小麵餅者，大如錢，中有孔，可以索穿之，微甘而脆，名曰光餅。予童時嚐食之。咸豐間，制錢一文可購十餅。

曾舉以問塾師：「餅何以光名？」師曰：「想係光福人所創始耳。」遂亦置之。不意越四十餘年，偶閱雷琳《漁磯漫鈔》載錢唐吳中林〈詠光餅〉詩，始知餅為戚繼光行軍時所作也。

一事一物，莫不有其原始，信乎開卷有益哉！

誣妻得財

光緒初年予留京過夏，有友人邀飲於肆，同座皆過夏者，藏鬮行令，極其歡洽。座有一淮人曰：「予不習酒令，今說一事，如諸君能解決者免飲，否則罰一杯。」眾曰：「可。」淮人曰：「吾淮某甲，一日晨起將赴茶社小食，於途中拾得銀券一紙，視之，固素所交往之錢肆也。欣然往取銀，甫入門，已聞失主央肆主註銷求止付，而甲仍從容取銀去，失主不敢認，肆主亦不敢阻。是操何術以致此？」諸人思之良久，皆不得其故。

淮人曰：「各飲一杯，予言之。當甲挾券入肆時，見失主在肆，即偽為怒容，洶洶入。肆主向之點首，亦不答。肆主曰：『先生清晨何怒為？』甲曰：『不可說，不可說，家醜也。然吾兩人交情，言之何傷。予昨以事赴清江，今早歸，見予妻枕邊有銀券一紙。』隨說隨即取券出，擲案上曰：『是必予妻之姦夫所贈者，予將得而甘心焉？今姑取此銀去，會須偵之。』肆主唯唯，目視失主亦無言，遂以銀與甲而去。」

同輩聞之，皆駭歎其狡詐而已。

回回賣豬肉

常州市有屠肆。一日，有回教阿轟自禮拜寺諷經歸，衣白布回衣，冠尖頂回冠，過屠門，適屠人拒巨斧據高砧斲豬首，血濺其身。阿轟大怒，將撻之，經市人調停，命屠賠償，阿轟堅索銀餅十枚，將行矣，屠人曰：「銀既與爾，衣當與我，且已為血污，爾亦不能服之歸家也。」遂脫而與之。屠忿甚，擲衣於地，足踐而口詈之。

一秀才在旁睨之而笑曰：「是奇貨，可使倍價而贖也。」屠猶怒不解。秀才曰，「我非虛言，爾如聽我計，必能使之倍償。」屠曰：「若然，我但得原價足矣，餘皆與君。」秀才曰，「可，爾明早衣其衣，冠其冠，據案賣肉，渠聞之必來觀，可惟爾所欲。」屠如言。

次日，喧傳一回人賣豬肉，皆來觀。阿轟一見，更怒，勢將用武。屠曰：「我以十圓買得者，爾豈能禁我不衣乎？何無理取鬧如此？」觀者如堵，皆謂屠言直，阿轟無如何，願將昨所得者還之，求勿衣。屠不許曰：「非十倍不可，」再三請，倍價贖歸。秀才曰：「如何？」欣欣然持十圓而去。

此武進余益齋工部為予言。

趙三姑娘

昆明趙蓉舫尚書光，長刑曹二十年，且累得試學差，又累次查辦外省案件，積貲至五六十萬。無子，只生三女，長、次皆早嫁早死，惟三女未字。趙沒後，尚遺財三十餘萬，皆三女掌之，嗣子所得甚微也。

一日，三女謁萬藕舲尚書青藜曰：「姪女年已逾三十矣，求年伯為我擇婿，一須元配，二須少年翰林，三須海內世家。」萬曰：「難。」會有儀徵胡隆洵者，以赤貧士入都，聯捷授吏部主事，萬之門生也。聞胡未婚，謂三女曰：「胡某已如爾所約之半，如爾不願，我亦不敢過問。」女不得已許之，遂涓吉成禮。胡一旦驟富，夫尊婦如帝天，婦視夫如奴隸，不待言矣。

趙存日，有紅綠珮二事，皆大如掌，一則透水玻璃翠，一則雙桃紅碧璽也，朝中大老無不知之。及三女嫁後，二珮歸於胡矣。胡一日佩之入署，眾皆屬目，一少年滿司員謂眾曰：「明日當揶揄之。」

次日，胡入署，此少年急趨至胡前，半跪請安曰：「大人一向好。」胡以為誤也，連稱：「不是，不是。」少年忽昂首曰：「我適見雙珮，以為趙大人復活矣，孰知是爾耶！」眾轟堂大噱。自是胡不敢佩矣。

三女歸胡後，未數年死，無子。胡再娶亦無子，及卒，以弟之子子焉。資財數十萬，米市衚衕大宅，皆歸其弟矣。

王玉峰三弦

明秀水沈德符《敝帚齋餘談》所記：京師李近樓，幼以瞽廢，遂專心琵琶。其聲能以一人兼數人，以一音兼數音。嘗作《八尼僧修佛事》，經唄鼓鈸笙簫之屬無不並奏，酷似其聲，老稚高下曲盡其妙，又不雜以男音，一時推為絕技。

不意清光緒季年，京師有瞽者王玉峰，亦能以三弦作諸聲，並能彈二簧各戲曲，生旦淨丑、鑼鼓弦索亦各盡其妙。尤神者，則作洋鼓、洋喇叭、操兵步伐之聲，使遠處聞之，不知其出於三弦也。

觀於明之李近樓亦為瞽者，可知瞽人心細，能體會入神。此等絕技，必間世而生，非有師傳，亦不能教人。玉峰上距近樓已四百餘年矣，五百年名世挺生，即微藝亦何莫不然。玉峰每於國忌齋戒等日，必奏技於正陽門外之廣德戲園，蓋是日不演劇也。聽者較觀劇倍之，價亦倍之，因此致富云。

麻瑞子空鐘

京師兒童玩具有所謂空鐘者，即外省之地鈴，兩頭以竹筒為之，中貫以柱，以繩拉之作聲。惟京師之空鐘，其形圓而矟，如一軸貫兩車輪，其音較外省所製清越而長。有覺羅旗人號「快手羅」者，精此技，久於金陵以此為生，遂致小康。然猶不知麻瑞子之出類拔萃也。

麻瑞子亦旗人，而有痘瘢，其姓瑞，以善空鐘得名。嘗奏技於東西兩廟集及新年廠甸中，余曾見之。能以半段空鐘用繩扯之，飛高躍低，左盤右旋，無不如志。西人極詫之，謂兩輪去一，重心力已失，何以能圓轉如意，不致蹉跌。百思不得其解，乃歎中國人之絕技，固匪夷所思也。

端忠敏死事始末

清宣統三年辛亥四月，鐵路國有之旨下，起長白端方為候補侍郎，督辦川漢、粵漢鐵路事。先是，己酉之秋，端由兩江總督調直隸，正慈禧太后梓宮奉安之日，於隆裕后行禮時，端之左右有以攝影器攝行禮狀，后大怒，以大不敬罪端，革職，抵任甫百日也。至是以親貴及諸大臣薦，遂起用，豈料禍機即伏於此哉。

端既受命，於六月九日抵武昌，建行臺於平湖門外，勘路召匠，期於九月朔興工。而川人以川漢鐵路已奉先朝諭旨，歸商集資承辦，懇川督趙爾豐代奏，收回成命，不報。再三請，則以格殺勿論恫嚇之。於是川之士民焚香環跪督署者數千人，大書德宗皇帝神位，頂於首而泣求焉。爾豐大怒，命衛隊銃擊之，死者枕藉，而川亂成矣。事聞於朝，電旨命端方率鄂軍入川平亂。

七月下旬，端發武昌，率三十一、三十二兩標兵以行。至宜昌，按兵候消息。端之意蓋不欲臨之以兵也。無何，朝旨嚴迫，不得已進至重慶。至重陽日，聞武昌事起，民軍已據武漢二城，蔭昌率京軍南下，亦敗退。端大恐，亟率師進至資州駐焉。朝命革趙爾豐職，以端代之。端知事無可為，欲入都面陳機宜，兵大嘩。時統兵者一為曾廣大，一為鄧某，皆端任鄂督時所拔之士也，於端皆有師生誼。又有營官董海瀾者，四川人，亦鄂之學生。當端之發武昌也，總督瑞澂力薦於端，謂可大用，端遂命董為營官，隸曾廣大部下。當時廣大禁兵毋暴動。

至十月朔，端行有日矣，佈告軍士謂已遣人至成都銀行借四萬兩發本月之餉，並為眾軍辦歸裝，眾怒稍息。至初五日，端束裝待發，眾以銀未至阻其行，並要挾書券，端與之。

至初七日黎明，銀猶未至，眾謂誑我，於是董海瀾倡議入行館，驅端至側屋云：「我輩將假爾室開會議。」兵入室，遍搜行篋，無所得，即欲殺端，曾廣大乃宣言曰：「端某非誑人者，彼欲行即聽其行，何必殺？如贊成者舉手。」乃舉者僅少數。曾又再三勸，兵皆洶洶，謂曾有異志，當先殺之。曾乃不敢言，大哭出，謂端曰：「曾某不能保護，罪萬死，然迫於眾，實無可解免矣。」其時兵皆舉銃待發，曾亟止之曰：「此中尚有漢同胞無數，若滿人不過端兄弟二人耳，何為玉石不分耶！」眾乃逼端至行館大門一小屋中，亂刃交下。其弟端錦大罵，迫之跪，不屈，亦亂刃而死，皆斷其首。曾廣大備棺斂之，欲並斂其元，眾曰：「是將函至武昌者，不得斂也。」乃即日東下歸鄂矣。僚友僕從皆隻身分道遁。

初八日，成都借銀至，已無及矣，遂為紅十字會所得。先是，端之議行期也，尚未得成都獨立信。至初五日，資州牧以省電告，遂決意還京，資州眾紳環而請曰：「公毋行。公若反正，則成都唾手可得，即眾亦必以都督舉公，且公之兵所以嘩囂者，以公不反正也。若一變計，則皆為心腹矣。」端不可。眾紳又請曰：「公如慮成都不能容，則即於資州樹白幟，某等可函致省紳來資州擁公為主，公幸勿疑。」端歎曰：「我果如此，何以對慈禧太后、德宗皇帝於地下哉！我計決矣，君等毋為我慮也。」皆太息而散。

端自入資州後，無日不作還京計，使早日行，亦可無事，乃一因借銀未至，二因有投誠土寇周姓約初四日率眾來降，遂待之。不料，初五日一聞川省獨立之信，而禍不旋踵矣。端之至重慶也，凡南北公私函電，及從官信牘，皆為軍士所遏不得達，是以沿江各省響應反正之舉，一無所聞，蓋至死僅知武漢之事而已。死事聞，贈恤如例，特謚忠敏。此殆清廷最後之予謚矣。

其監印官李寅生於十一月望日間關至上海，為予言如此。又聞某君云，端方陰謀不測，革黨深忌之。當其督鄂督江時，凡黨中魁傑為其所離間者，不知凡幾，屢欲起事，均為所敗。使其久督畿輔，則革命事業，不得成矣。

清有長城如此，而顧以微瑕黜之，此清之所以亡哉。端為人無赫赫之威儀，好嬉笑諧謔，而中無城府，待故舊甚厚。好藏古物，生平宦橐皆耗於此。及罷官閒居，猶坐客常滿，樽酒不空，亦近代大吏中之風雅者。非某君言，不過以畢鎮洋、阮儀徵視之耳。嗟乎！瑞澂輩誤國殃民，罪魁禍首，竟逃顯戮。獨端方不保首領，豈天之欲成其名耶！

第六卷　卷中三

阿肌酥丸

京師黃教喇嘛治病之藥有所謂阿肌酥者，丸藥也，形如綠豆，作丹砂色，又名子母丸，分牝牡二種，以牝牡二粒置淨瓶中，嚴封其口，供養於淨室中，每日清晨焚香咒之，至四十九日，則滿一瓶，取治百病，據云無不效者。

余昔年寓光稷甫侍御家曾見之，乃一宗室顯者所贈，光氏雖得之，亦不敢用也。

女統領

清同治初年，有皖人朱某者，讀書應試，年逾冠不能青一衿，忿而從軍為書記。輾轉數年，隨大軍度隴，隸統領陳姓麾下。統領者，記名提督巴圖魯也。朱年少美丰姿，為人亦和藹，統領甚倚重之，諸同僚不如也。

一日者，統領忽獨召朱夜飲，留與同榻，朱不肯，拔刀將殺之，不得已，從之。及登牀，孰知統領乃女子，猶處女也，大樂。朱由是夜夜皆宿統領所，同僚皆鄙之，皆以朱為統領龍陽矣。

久之，統領腹漸大，將產矣，大懼無策，又不敢冒昧墮胎，商於朱，朱慫恿直言稟大帥，時左文襄公督陝甘，朱且舉木蘭故事，謂必不見斥，從之。文襄得稟，大驚異，將據實奏聞。幕僚曰：「事涉欺罔，恐朝廷見罪，不如其已。」於是，命朱襲陳名，統其軍，而陳於是易弁而釵矣。後朱從征回逆，請歸宗，更納二妾。陳大怒，挾其資財與所生之子居甘肅省城，遂與朱絕。

考陳之由來，則當同治初元間，將軍多隆阿由湘入陝時，道出荊子關，軍中募長夫，有童子應募而來，面黧黑而多痘瘢，且碩大多力，人不料其雌也。初入營牧馬，繼拔為兵，屢建奇功，得洊升至記名提督巴圖魯。雄飛十年，一旦雌伏，奇矣。

此江夏范嘯雲遊戎為余言。范其時亦從軍關隴間也。此事若付之管弦，播之聲歌，安見紅氍毹上不演出一剛健婀娜之佳人哉！誰復憶其黑而且麻之蠢女也。

奇姓

李文忠督直隸時，有部將姓者名貴，雲南人，生長於合肥。有知其歷史者，謂其高、曾有因事發配至合肥，遂家焉。

貴孩提即失怙恃，亦不自知其姓。稍長應募為兵，募者問其姓名，答以不知。募者笑曰：「之乎者也皆可為姓，爾即姓者名貴可也。」以功洊至記名提督巴圖魯，補通州協副將。

范嘯雲遊戎曾隸其麾下，為余言如此。從此萬姓統譜又增一奇姓矣。

意外總兵

清同治間，湘、淮軍興，削平髮、捻、回諸大亂，各路軍功所保記名提督，部冊所載近八千人，總兵則近二萬人，副將以下汗牛充棟矣。故，提鎮大員欲得實缺，非督撫密保不可。

有桐城人陳春萬者，農夫也，多力而膽大。同治初年入湘軍為兵，隨大軍轉戰至關隴，亦保至記名提督巴圖魯黃馬褂矣。左文襄頗喜其勇，然以其無智慮，又不識字，十年來位不過營官而已，不但無簡任之望，並數營統領亦不可得，鬱鬱不得志。文襄既出關，陳營又裁撤，更無聊賴，貧不能歸。

迨文襄班師回任，陳欲往面求一差委。及見文襄，即向之稱賀。陳曰：「標下來求中堂賞飯吃耳，何賀之有？」文襄曰：「爾尚不知耶？爾文印較我印大且倍也。」陳愈不解。文襄乃命設香案，陳跪聽宣旨，始知已特簡肅州鎮掛印總兵，廷寄到已數日，正覓其人不得也。清制，掛印總兵，體制尊崇，與尋常總兵大異，准專摺奏事，不受總督節制，如宣化鎮總兵，乃掛定邊左副將軍印之類。當時文襄頗疑陳密求李文忠而得此缺，甚忌之。蓋因肅州鎮出缺時，例由文襄奏報，即隨摺保二人以進，而皆未用故也。

後始聞內廷人言，是日，軍機開單呈請簡放時，帝筆蘸朱太飽，未及見文襄所保之人，而硃點已滴於陳名之上。帝曰：「即此可也。」陳實得之意外。不二年謝病歸，終不能安於位也。

亦范嘯雲言。

孔翰林出洋話柄

清光緒丙戌曾惠敏公紀澤由西洋歸國，岔京曹官多迂謬，好大言，不達外情，乃建議考遊歷官，專取甲乙科出身之部曹，使之分遊歐美諸國，練習外事。試畢，選十二人，惟一人乃禮邸家臣之子，非科甲，餘皆甲乙榜也。遊英法者，為兵部主事劉啟彤，江蘇寶應人；刑部主事孔昭乾，江蘇吳縣人；工部主事陳爔唐，江蘇江陰人；刑部主事李某，山東文登人。

命既下，李與陳皆知劉久客津海關署，通習洋情，遂奉劉為指南，聽命惟謹。孔獨不服，謂人曰：「彼何人，我乃庶常散館者，豈反不如彼，而必聽命於彼乎？」隨行兩翻譯，皆延自總理衙門同文館者，亦惟劉命是聽，孔愈不平，所言皆如小兒爭餅果語，眾皆笑之。

一日者，行至意國境，船主號於眾曰：「明日有東行郵船往上海，諸君有寄家報者可於今日書之。」於是皆報平安。次日晚餐，席上忽無牛肉，蓋西行已浹旬之久，牛適罄也。孔忽謂劉曰：「船主私拆我家信矣。」劉曰：「何以知之？」孔曰：「我家世守文昌帝君戒，不食牛肉已數代，及登舟，每飯皆牛，嘗不得飽。昨於家書中及之，今忽無牛肉，是以知其拆閱我家信也。」劉笑曰；「船主未必如此仰體尊意，公自視太尊貴矣。且船主未必識中國字，拆信何為？況歐人以私拆人信為無行乎，公何疑及此？」孔指二舌人謂劉曰：「彼中國人也，何以能識洋字，安保船主不識中文耶？」劉嗤之以鼻。

及抵英倫，以舌人不聽彼使令，遍訴於使館中人，初不知其有神經病也。凡遊歷各廠各要塞，皆劉語舌人，按路之遠近為遊之先後。

一日，遊阿模司大炮廠，見所鑄炮彈有長三尺許者，羅列無數。孔問舌人，以炮彈對。

孔大怒曰：「爾以我為童呆耶？炮彈乃圓物，我自幼即見之，此明明是一尊小炮，何云炮彈？」舌人亦不答。

凡經遊之地，其門者皆有冊請留名，孔必大書翰林院庶吉士，劉每笑而阻之，孔謂是妒，大不懌。久之，使館中人皆知其有神經病矣。彼所言或勸之，或不直之，孔鬱愈甚，而病發矣。

一日，忽具衣冠書狀呈公使，大聲呼冤。公使命人收其狀，而卻其見。視其狀則皆控劉語，大可噴飯。

閱數日，見公使無動作，遂竊同伴之鴉片膏半茶甌全吞之，復至廚下覓冷飯半盂，咽而下之。人初不知，及毒發，眾詢之，自言如此。急覓醫診救，已無及矣，至夜半，斃焉。牀頭有遺書一通，上分使者，略云：「劉將殺我，前日引我至蠟人館，指所塑印度野蠻酷刑相示，是將以此法處我也。我不如自盡，免遭其屠戮之慘，並乞公使代奏，為之理枉。」云云。於是倫敦各報館大書遊歷官自盡，所言皆一面之詞。幸公使及眾人皆知其由，不然劉受其累矣。

孔死後，公使奏請給恤如例，並函致其父述其情。其父歎曰：「是兒素有痰疾，其鄉試落第時，亦曾作此狀，幸防護周至，獲免。今又犯此病而死，是乃命也，於劉乎何尤？」

時余亦隨使英倫，親見之，悉其詳。

聯語無偶

京師士夫好作聯語相謔，至今相傳有二聯無屬對者。大興劉位坦有婿三人，人為之語曰：「劉位坦三位令坦：吳福年、喬松年、黃彭年。」吳，錢塘人，道光乙巳探花，未開坊而卒。喬，山西徐溝人，由進士部曹歷任封圻，終於東河總督，謚勤恪。黃，貴州貴築人，亦由進士歷官至江蘇布政，擢巡撫。三公皆顯貴，而當擇配時則皆未第也。

又，昆明趙蓉舫大司寇光之次女，為桐城光稷甫侍御繼室，京師為之語曰：「趙光之女光趙氏。」二語皆無屬對者。

謔吟召釁

有泰州王某，同治甲子舉人，以部曹而為軍機章京。一日，入直至半途，忽摸項下忘掛朝珠，遍索車中亦不得。時已入正陽門，勢不得回宅，蓋夜半開城，只許入不許出也。不得已，憶東城有好友浙人汪某，可往假之。驅車往叩門。汪已寢，聞王至，亟起。王告以故，即入取珠出，且曰：「吾較爾長大，吾珠恐不合用，茲以內子所用者假爾用之。」王致謝，且戲吟曰：「百八牟尼珠一串，歸來猶帶粉花香。」此乾隆間京師譏某相義女詩也。汪聞立變色，返身入內。王亦不俟其送，即匆匆出。甫上車，見汪氣洶洶手白刃出，大罵曰：「爾如此污蔑我，誓與爾不共戴天！」王亦不解，急驅車去。汪猶追及，斲車尾而返。

次早，汪復握刀至王所居巷口俟之，晝夜不懈，致王誤班數日。王後詢於人，始知所吟詩即當時刺其祖母之詩也。嗣以汪尋仇不已，遂謝病歸，終身不入京。

吃飯何須問主人

揚州李某亦軍機章京也，每下班必至東華門外戶部王宅午飯，無論主人在家與否，蓋李與王同年至好也。

一日，李因病請假數日，假滿復入直，及下班，擬仍至王宅午飯。甫入門，一僕半跪擋駕。李曰：「爾新來僕耶？爾不識我耶？」僕曰：「誠新來者。」李曰：「我李某也，爾主既不在家，即稟爾主母，備午飯我食也。」僕以告主母，意必夫之至交也，具盤飧焉。李據案大嚼。未已，主人歸，李視之不識也，手一箸幾無置處，窘不可言。主人曰：「久聞公名，公與前主人王某同年至好，我與王某亦至好，同姓同官又同司。前主人已於三日前移居外城，遂以此宅與我，我故一切門封門榜皆無須更換也。公既可在前主人王某處午飯，何不可在我處午飯？」相與共啖甚歡。嗣是下直午飯亦如曩例。

前王聞之，大笑曰：「不圖此宅乃為李某啖飯所？奇矣！」

旗主旗奴　三則

（一）炳半聾述滿人禮節

覺羅炳成，號半聾，八旗老名士也，與桐城光稷甫侍御莫逆交。裕庚者，亦光之世交晚輩也。炳無三日不在光所。裕自英果敏罷廣督後，始攜眷居京師內城，亦偶至光宅。

一日會食，光坐裕於炳之上，以裕疏而炳親也。食時，炳與裕不交一言。食畢，炳忽謂裕曰：「爾今日短一過節，我因在漢官家，不便挑眼。」裕唯唯謝罪。

翌日，半聾語予曰：「凡各項包衣並小五處旗人，或奴籍，或重臺，例不得與宗室覺羅抗禮。若必不得已，必先半跪請曰：『求賞一座。』然後坐，方為合禮。裕庚乃漢軍小五處包衣旗，必先須請命而後坐。裕欺我不言，故詔之。」予笑曰：「公等旗人，過節太多。」

半聾又曰：「每有旗主貧無聊賴，執賤役以餬口，或為御者，或為喪車槓夫，或為掮肩者。若途遇其奴，高車駟馬翎頂輝煌者，必喝其名使下車代其役，奴則再三請安，解腰纏以賄之求免焉。故旗奴之富貴者，甚畏見其貧主也。」

（二）不諳滿人禮節之知府

嘗聞道光間有旗人官兩淮運使，其妻與揚州知府妻往來。知府，漢人也。

一日，知府妻欲宴運使妻於署，以不諳待滿人禮，覓一滿婦為陪客。遍查同城官眷，惟參將標下中軍守備係滿人，且世家子，遂往拜致意，守備妻慨允之。屆期，盛筵以待。守備妻絕早至，日中，運使妻至，守備妻據坑南面坐，傲不為禮，主人訝之。運使妻一見，即雙膝跪請安。守備妻曰：「今日主人賞爾飯，不必拘禮，可坐下。」運使妻又雙跪謝，然後坐。

及席設，知府婦推運使妻首坐，守備妻曰：「今日我在此，彼不便坐，我代坐可也。」運使妻為之送箸斟酒，侍立於側，若奴隸然。守備妻曰：「爾不可拂主人盛情，權坐下同啖可也。」又請，又安，始就坐，侷促至不敢舉箸，而守備妻則據案大啖。

席散客去，守備妻欣欣然，運使妻悻悻然，知府妻則惶惶然，不明其故。

繼聞人言守備妻為旗主，運使妻旗奴，奴自不敢與主抗禮也。知府亟趨謝罪，而運使終以此存芥蒂焉。

（三）大學士司鼓

又，道光朝大學士松筠秉政，上甚倚重之，忽請假數日，上不之異也。次日，軍機召見奏對畢，上忽問曰：「松筠何事請假？」一滿軍機對曰：「因該旗主家有白事，松筠照例前往當差。」上曰：「汝往視之，如無甚要事，可命其早日銷假。」滿軍機銜命往，至則見松筠摘纓冠，身白袍，坐大門外司鼓。滿軍機傳旨訖，次早，面奏情形。上大怒，該旗主有意侮辱大臣，即日降旨換松旗，免其奴籍焉。

武英殿版之遭劫

清初武英殿版書籍，精妙邁前代，版書皆存貯殿旁空屋中，積年既久，不常印刷，遂為人盜賣無數。

光緒初年，南皮張文襄之洞官翰林時，擬集資奏請印刷，以廣流傳。人謂之曰：「公將興大獄耶？是物久已不完矣，一經發覺，凡歷任殿差者，皆將獲咎，是革數百人職矣，烏乎可？」文襄乃止。

殿旁餘屋即為實錄館，供事盤踞其中，一屋宿五六人、三四人不等，以便早晚赴館就近也。宿於斯食於斯，冬日炭不足則劈殿板圍爐焉。又有竊版出，刨去兩面之字，而售於廠肆刻字店，每版易京當十泉四千。版皆紅棗木，厚寸許，經二百年無裂痕，當年不知費幾許金錢而成之者，乃陸續毀於若輩之手，哀哉！

文淵閣每年伏日例須曬書一次，十餘日而畢，直閣學士並不親自監視，委之供事下役等，故每曬一次，必盜一次，亦有學士自盜者。惟所盜皆零本，若大部數十百本者，不能盜也。

究其弊，皆以國為私之病，不公諸民而私諸官。不知官流轉無定者也，民則土著占籍累世不遷者也。觀東西洋各國博物院藏書樓等，皆地方紳士管理之，不經官吏之手，故保存永久焉。

破題僅兩句

河南懷慶府河內縣有郝姓者，為糧店管事。店主有子以賄入泮，至鄉試年，復欲以賄鄉舉，命郝輦金至省城覓搶替焉。郝因其資亦納監倩人代作。

榜發，店主子落第，郝竟獲雋，復以金倩人覆試訖，不敢入禮闈也。三科後，大挑得知縣，簽分江蘇。嘗語人曰：「我向不知破題做法，孰知僅有兩句耳。」皆以為笑談。

光緒丁酉江南鄉闈，郝奉調簾差，大懼，星夜托病歸里，從此不復來。此河內竇甸膏大令為予言。

瘍醫遇騙

光緒中葉，金陵有外科王立功者，合城知名者也。設醫室於三山大街。一日晨，有人以銀餅二圓餽王，且曰：「吾外甥為綢莊學徒，遭人奸騙，致患臀風。吾今薄暮約其來求診，先以此為贈。第外甥畏羞，請勿於人前說破也。」王允之。

其人遂至綢莊購綢緞約三百金，謂莊主曰：「請遣一學徒隨我往外科王先生處付銀。」市人皆知王，固無不信者，即遣徒挾貨物隨之行。至王室門外，其人曰：「以貨與我，在此坐候，爾隨王先生上樓可也。」

王見其人偕一童子來，以為必其外甥也，相喻無言，邀童子登樓。童子以為必給銀也，孰料王謂之曰：「爾有病勿害羞，請脫褲，我為爾治之。」童大怒。王曰：「爾母舅先言之矣，勿諱疾也。」童曰：「孰為我母舅者？其人來我肆購物，我隨來取資耳，何病之有！」王至此始悟遇騙，亟下樓覘其人，已杳矣。

乃訟於官。時湖南翁延年令上元，斷令王賠其半，綢莊亦認其半，而騙子終不可捕。

方九麻子

九麻子者，乾隆中直隸總督方勤襄公之族叔。勤襄，名維甸，即世所稱小宮保是也。九麻子，名不著，少無賴，能以術攫人財，屢犯法，捕弗獲。富人畏之，貧人又甚喜之，蓋詐取之財，施與不吝也。

中年，忽走保定投制府，自陳改行，願為走卒以自效。制府以族屬尊行，使佐內署會計事，月給數金而已。久之，勤謹逾常人，且絲毫不苟，性復謙抑，合署之人皆善之，主計者亦屢譽之，制府以為果改行也，數倍其俸給，而勤謹謙抑如故，更重之。方無事不出署，偶出，必購舊皮箱歸，以為常。數年積皮箱百數十具。人問之，答曰：「南方革貨甚名貴，北貨值賤而物堅，雖費舟車資，獲利猶倍蓰也。」皆服其心計。

忽一日，謂制府曰：「我離家三年矣，將歸省老母，乞假數月。」制府允之，且厚贐之。方於是僱大車十餘輛，實其箱加鎖焉，亦不知中藏何物也。

先是，制府尊人恪敏公出塞省親也，每歲徒步往返數千里，道必經沙河縣之伽藍寺。寺即在大道旁，距保定百餘里。一年，大風雪，凍餓僵寺門外。方丈僧夢有虎臥寺前，驚起集徒眾持械往視，則一死人也。衣履不類丐，撫之體尚溫，舁入救之蘇，更為粥糜藥餌以養之，詢知為孝子也，更贈裘與金焉。數日病已，將行，謂僧曰：「我若得富貴，必大興爾寺，俾為通省冠。」及公受特達知，不十年官直隸總督，加太子少保。公諱觀承，世所稱老宮保是也。公乃捐萬金修寺，於是合省官民佈施無算。寺僧又善營運，有良田數千頃，跨三邑界，下院數十處，京師永興寺亦下院之一也，富果為通省冠矣。九廠子夙知之。

是日，驅車出，將抵寺，日已酉，謁方丈，謂受制府命，護衣笥還故里，距驛尚遠不得達，求假一宿，僧許之。乃積笥於僧之密室，更命沙彌備浴器，更命購皮紙數十張，麵糊一器，方以浴盆置密室中，以皮紙嚴封其窗隙。僧大異之，謂時正炎暑，何不憚煩乃耳。及入浴，僧竊窺，則見其坐浴盤中，作恨恨聲曰：「皆是爾作怪，致名播全省無立足地。」隨語隨拔其腿之毫毛。僧白之方丈，方丈曰：「是矣，無疑也。」蓋數月前，有大盜號飛毛腿者，入京劫某邸，得贓甚巨，上命步軍統領懸重賞購之，期必獲，遍通都大邑皆懸有賞格，事頗急。

至是，僧乃密報縣，官遣兵役掩捕之。方至縣，自陳如告僧語，官不信，繫方獄，遣人至保定偵虛實，信，乃大恐，延方上坐，盛筵請罪，且厚賄之，屬勿為制府知，方曰：「可。但笥存僧寺三日矣，保無有遺亡者，須輦至縣署驗之。」官云：「然。」笥至，啟之，則殘破之袈裟經典以及木魚鐘磬之屬。再啟、三啟亦如之。方怒曰：「此必僧易之矣，豈有迢迢數千里而賫此歸哉！且督署中，安得有是物哉！」擲清單出，命寺僧如數以償。僧大驚愕，無以辯，再三請，官命罰五萬金，俾方成行焉。方歸為富人以終，不復為馮婦矣。

後制府知之，歎曰：「其才可愛，其心不可測也！今而後不敢遽信人矣。」後數十年有插天飛事。

插天飛

插天飛者，名亦不傳，亦方族也，才更勝於九麻子矣。其貌方頤廣顙，美鬚髯，望如天神。學問賅洽，熟諳宮廷掌故。有徒黨數十人，周流各省，專伺察地方大吏以取財。

有河南巡撫某，以事攖上怒，將罪之，未發也。忽喧傳有操北音者數十人來，賃居城外某巨寺，終日閉門禁出入，惟晨開片刻通樵汲而已。數日來，合城文武皆惶駭，祥符縣令遣幹役終日伺之。

一日，薄暮，有人出似閹狀，手提壺將行沽，役尾之至肆，與語不答，提壺返，悄悄掩門入。次日，又遇之，役代給值，初不肯，繼見肆主終不受，乃向役謝，役更邀之飲，詢之，閹曰：「吾主今上大阿哥也，因爾巡撫於某某等案得賄枉法，故命密訪，如得實，聖怒不可測也。爾慎勿泄，否則我無命矣。」役唯唯，亟走報，皆惶懼失色，計惟有重賄以息事耳。

次日，自巡撫以下皆具衣冠往謁，車騎喧寺外。叩門不應，但聞敲撲聲、呼號聲，久之寂然。門忽啟，有二人如校尉者，以筐舁一屍出，血肉模糊，役見之，即昨日沽酒之內監也。皆大懼，懍懍然報名膝行而進。插天飛則黃馬褂、珊瑚冠、孔雀翎如侍衛大臣狀，指臺坐少年謂眾官曰：「爺在此，可行禮。」少年欠伸小語，眾不聞。則代宣曰：「明日回京也。」皆唯唯。至暮，巡撫括黃金萬兩密遣之。

次日黎明，眾官祖道於城外。忽擲一紙裹與巡撫，命回署啟閱。歸視之，乃以巨幅大書「領謝」二字。始嗒然知遇騙。

道光間，漕、河兩督皆駐節清江浦，有山東巡撫署河督者抵任有日矣。忽有老者衣冠謁漕督，謂是新河督之封翁，接見暢談京朝事，皆原原本本。既而曰：「我先小兒一日行，計渠亦應到矣。頃見某骨董肆有古玉數事甚佳，議價三千金，立索不欠，故來挪借，俟小兒一到即奉還。」漕督立命舁三千金出。

正酬酢間，忽報新河督至。老者笑曰：「渠亦應到矣。」河督入，見一老翁冠服極品，傲然踞上座，不為禮，不知誰何，不敢問。老者撚鬚微笑曰：「邇來甚善，爾等當有公事，我暫退。」漕督送之出，返，河督問曰：「彼何人，何倨傲若是？」漕督大詫曰：「非公封翁耶？」河督曰：「家君病廢在京，幾曾出都門者？是騙也。」急命捕之，已不知所往。但見綠肩輿一乘、紅傘一柄擲河干而已。他說部記此者微有脫誤，且不知為方氏插天飛也。兵役數十人，圍其居，將縛之。方曰：「姑緩我，我罪不至死。諸君來，豈可空勞。我牀下有制錢五百緡、冬裘尚十餘笥，不如請諸君分之，免為他人得也。」立命置酒，徵歌舞，數十人皆醉飽，分其裘各數襲，皆披於身，又各攜錢十餘緡圍腰際，挾方行。時正深秋，諸人裹重裘挾錢緡，重累汗下，幾不能步。至歧途，方乘其不備，奔而逸。諸兵役喘息不屬，不能追也，遂不知所往。

久之，案累累，京外交緝，邏者遇於蘇州，偵知居專諸巷逆旅，乃會同地方官捕之。

論者以九麻子視插天飛，誠所謂小巫見大巫矣。具此奇才，而僅以騙術稱雄，不亦大可惜哉！

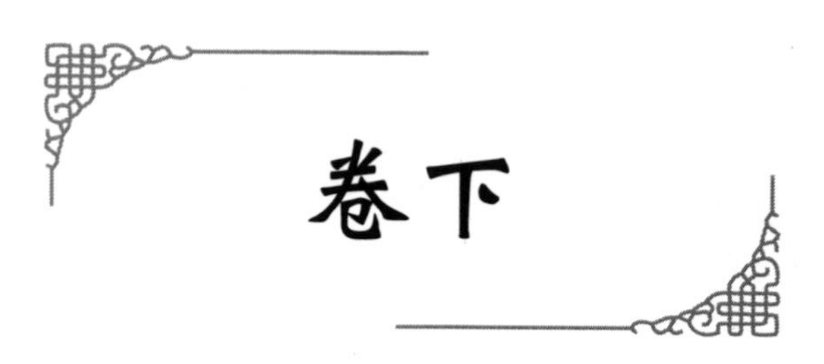
卷下

第七卷　卷下一

戕官類記

同治庚午，予在揚州，聞丹徒嚴某官浙江嵊縣知縣，忽為署中剃髮匠所戕，並殺其幼女及女之乳母，取縣印出，跳舞狂歌於市，似有神經病者。旋獲之，按律治罪。

是年，山東青州知府某亦被戕。青州有城守參將，一兵以技勇、資格皆應撥補馬糧，忽為人以賄得，大怒，思得參將而甘心焉。乃於朔日之夜，伏於武廟神座下待之，以參將是日必來拈香也。及黎明，見有一三品頂戴者跪拜神前，突出刺之而斃。諦視，乃知府，非參將也。須臾參將至，乃執而置諸法。

至庚午秋，又有張文祥刺馬新貽事。

刺馬詳情

馬新貽，字谷山，山東荷澤人，世為天方教，由進士分發安徽即用知縣。咸豐間，皖北一帶粵捻交訌，馬以署合肥縣失守革職，帶罪立功，唐中丞委辦廬州各鄉團練。一日，與捻戰而敗，被擒，擒之者即張文祥也。文祥本有反正意，優禮馬，且引其同類曹二虎、石錦標與馬深相結納，四人結為兄弟。與馬約，縱之歸，請求大府招降其眾。馬歸為中丞言，允之，張、曹、石三人遂皆投誠。大府乃檄馬選降眾設山字二營，令馬統之，張、曹、石皆為營哨官矣。

至同治四年，喬勤恪撫皖時，馬已薦升至安徽布政，駐省城，兼營務處。抵任後，山字營遣散，張、曹、石皆隨之藩司任，各得差委，甚相得也。無何，曹二虎眷屬至，遂居藩署內。

時張已微窺馬意漸薄，大有不屑同群之意，勸曹勿接眷，曹不聽。曹妻既居署中，不能不謁見馬夫人。馬見曹妻，豔之，竟誘與通。又以曹在家，不能暢所欲為，遂使曹頻出短差，皆優美。久之，醜聲四播。

文祥知之以告，曹不信。繼聞人言嘖嘖，乃大怒，欲殺妻。文祥止之曰：「殺姦須雙，若止殺妻，須抵償，不如因而贈之，以全交情。」曹首肯，乘間言於馬。馬大怒，謂污蔑大僚，痛加申斥。曹出語張，張曰：「禍不遠矣，不如遠引為是。」曹不能決。

忽一日，馬檄曹赴壽春鎮署請領軍火。時壽春鎮總兵為徐鶴，字心泉，懷寧人也。喬勤恪大營駐壽州南關外，徐為總營務處。曹得檄甚喜，欣然就道。文祥謂錦標曰：「曹某此去，途中恐有不測，我與若須送之。」蓋防其中途被刺也。於是三人同行。

至壽州，無他變。石笑之，謂張多疑，張亦爽然若失。及投文鎮轅謁見，忽中軍官持令箭下，喝綁通匪賊曹二虎。曹大驚，方欲致辯，徐總兵亦戎裝出。曹大聲呼冤，徐曰：「馬大人委爾動身後，即有人告爾通捻，欲以軍火接濟捻匪，已有文來，令即以軍法從事，無多言。」遂引至市曹斬之。

張跌足大慟，謂石曰：「此仇必報，我與爾須任之。」石沉吟。張又曰：「爾非朋友，我一人任之可也。」曹既死，張、石收其屍槀葬訖，遂分道去，不知何往。

至九年，李慶翱為山西臬司，統水陸各軍防河，駐軍河津縣。石錦標為李之先鋒官，已保至參將矣。一日，委石稽查沿河水師各營，凡十一營營官公宴石於河上，忽有大令至，調石回，謂有江督關文逮石至兩江對案云云。蓋張文祥之難作矣。

時馬新貽方督兩江，督署尚未重建，借首府署駐節。署旁有箭道，每月課將弁於此。馬被刺之日，正在閱課，甫下座，忽有一遞呈呼冤者，文祥乘此突出刺之，入馬左脅，刀未拔出，傷口亦無血。方喧嚷間，馬回首見張曰：「是爾耶！」復回顧左右曰：「不要難為他。」遂倒地，舁回臥室遂死。

張既刺馬，矗立不少動。時眾兵方執呼冤者拷訊，文祥大呼曰：「毋冤他人，刺馬者我也。我願已遂，我決不逃。」於是司道府縣聞風皆至，藩司梅啟照命發交上元縣收禁。時道府為孫雲錦，上元縣令張開祁、江寧令蕭某即於上元署中同訊。餘等皆在屏後竊聽。文祥上堂，原原本本如數家珍。兩令相對眙愕，莫敢錄供通詳。

次日，商於梅啟照，梅曰：「不便直敘。須令改供浙江海盜，挾仇報復。」張不肯。其後種種酷刑，皆逼令改供，非無供也。張又云：「自曹被殺後，我暗中隨馬數年，以精鋼製匕首二，用毒藥淬之，每夜人靜，疊牛皮四五層以刃貫之，初不能入，二年，五層牛皮一刃而洞穿矣，蓋防其冬日著重裘也。馬為浙撫時，曾一遇於城隍山，護從甚眾，不能下手，至今乃遂志耳。」

梅言於護督，以海盜入告。護督者，將軍魁玉也。奏入，朝命鄭敦謹為查辦大臣。鄭未來之先，朝命漕督張之萬就近查辦，張不敢問，托故回任，乃改命鄭也。相傳張奉命後，自淮來寧，一日，舟泊瓜州，欲登岸如廁，以小隊二百持械圍護之，時人傳為笑談。鄭至江寧，張之供仍如在上元時，一字不改。鄭無如何，乃徇眾官之請，以海盜挾仇定案。

司官有顏姓者，於讞定後棄官而歸，鄭亦引疾去。其年為同治九年庚午鄉試之年，馬死之日在七月下旬，正上下江學使者錄遺極忙時也。次日，上江學使殷兆鏞考貢監場，題為〈若刺褐夫〉，諸生嘩然，相率請示如何領題。殷沉吟曰：「不用領題，不用領題。」又次日補考，題為〈傷人乎〉，蓋皆謔而虐矣。

馬死後數日，署中一妾自縊，並未棺斂，密埋於後園中，即曹妻也。時上海戲園編出《刺馬傳》全本，皖撫英翰聞之，亟函請上海道涂宗瀛出示禁止，並為馬請祠請謚，鋪張馬之功幾與曾、胡埒，裕庚手筆也。英與馬同官安徽，有休戚相關之誼云。厥後喬勤恪有七律詠其事，末二句云：「群公章奏分明在，不及歌場獨寫真。」

案既定，決張文祥於金陵之小營，馬四親自監斬。馬四者，新貽之弟，浙江候補知縣也。定製一刀一鉤，命劊子以鉤鉤肉而碎割之，自辰至未始割畢，剖腹挖心而致祭焉。文祥始終未一呼號也。子一，閹割發黑龍江為奴。石錦標亦革職遣戍。案既結，馬四後至浙江，為眾指摘，上官亦不禮之，鬱鬱死。新貽既葬數年，河決荷澤，墓為水所沖塌。無子。天之報施固不爽耶。

妻控夫強姦

潘文勤公長刑部時，有婦人訴其夫強姦者。文勤曰：「是必有姦夫教之，欲以法死其夫也。」蓋清律載，夫與婦為非法交者，兩相情願以和姦論，若婦不肯而夫用強，則照強姦論。然有律而無案。誠以閨闥之中，事屬曖昧，孰知之而孰發之哉。故文勤一見即知有唆使之人，嚴鞫，果然，遂並唆者而治罪焉。

此吳江范瑞軒比部為予言，潘文勤門生也。

因憶道光中葉，桐城方寶慶掌刑部秋審處，有告室女與表弟通姦者，驗之處女也，然形跡實可疑。堂上將釋之矣，方命承審官曰：「可驗其後庭。」驗之，非完璧，乃以非法淫定姦夫罪，而判女折贖罰鍰。合署稱神明焉。女歸，自縊死，男聞亦自盡於獄。

蓋此女極愛其表弟，而幼已字人，表弟亦訂婚，不得偕婚媾，遂於無可聯合之中，而相愛焉。又不忍以破甑貽夫羞，此亦可謂發乎情止乎禮義矣。若我為刑官，即明知而故昧可也，何必逞此精明而傷人命哉！

方後授福建漳州知府，以墨敗，三子皆流落以死，無後，妻於咸豐季年亦餓死。人以為谿刻之報。光稷甫侍御云。

科場舞弊

咸豐戊午科順天鄉試大獄，伏法者正考官大學士柏葰、同考溥安、士子平齡等，又場外傳遞之程某，而遣戍革職者不知凡幾。原參御史孟傳金，初固不料如是之嚴懲也。

蓋自道光以來，凡士子來京應試，遇同鄉京官之考差者，必向之索關節，謂之條子。不必一定為利，亦有為收門生計者，亦有博延攬人才名者。若不向之索條子，則其人必見怪，以為此士瞧不起我，因而存芥蒂者有之。故熱衷之士，亦樂得乞條子也。此風已久，昌言無忌，恬不為怪。及戊午事起，而此風遂絕。

事後，執政諸大老皆覺殺人太多，追咎孟御史多事，遂摭他事發回原衙門。自是科場嚴肅者十年。己未會試，奉待旨加倍嚴搜，片紙隻字皆不敢挾入。光稷甫侍御即此科中式者，為予言。

至同治改元，慈禧秉政，博寬大之名，凡派搜檢之王大臣請訓時，必諭之曰：「勤慎當差，莫要多事。」即隱示以勿搜也。而士子之懷挾，直可設一絕大書肆矣。

至同治庚午科，江寧有劉汝霖者，時文高手也，為人代作而中。嗣是每科富貴子弟皆劉之生計矣，劉成進士始已。繼起者為陳光宇，為周鉞，皆江寧槍手之卓卓者，所代中不知凡幾。陳入翰林後，竟因此永不准考差，周後亦分發河南知府。繼陳、周而起者無數矣，直至停科舉之日止。

蓋江南一闈，行賄於考官者尚無其人，惟代作者實繁有徒。北闈自光緒改元後，此風亦盛，初猶鄉試為之，繼乃會試亦公然為之。戊戌會試，有寶應劉某者以一人而中三進士，且得一會元，執政知之，廷試時會元與劉皆抑至三甲，會元用中書，劉用主事。二人書法皆佳，皆可得翰林者也，當道不敢興大獄，聊示薄懲而已。至湖南主考楊泰亨、陝西主考周錫恩、浙江主考費念慈大張旗鼓出賣舉人，更卑卑不足道矣。

此科場氣運之所以終，而國之所以亡也。

書楊乃武獄

浙之上虞縣有土娼葛畢氏者，葛品蓮之妻也，豔名噪一時。縣令劉某之子昵焉，邑諸生楊乃武亦昵焉。楊固虎而冠者，邑人皆畏之，劉之子更嫉之。

楊欲娶葛為妾，葛曰：「俟爾今科中式則從爾。」榜發，楊果雋，謂葛曰：「今可如願矣。」葛曰：「前言戲之耳，吾有夫在，不能自主也。」楊曰：「是何傷？」正言間，劉子至，聞楊語，返身去。楊聞有人來，亦去。

次日而葛夫中毒死矣，報官請驗，縣令遣典史攜仵作往，草草驗訖。聞楊有納妾語，即逮楊，訊不承。令怒，詳革舉人，刑訊終不服。遂繫楊、葛於獄，延至四年之久。每更一官，楊必具辯狀，皆不直楊，然又無左證，而劉令子又死福星輪船之難，浙之大吏將以楊定讞抵罪，而坐葛以謀死親夫矣。

會有某國公使在總署宣言：「貴國刑獄，不過如楊乃武案含糊了結耳。」恭親王聞之，立命提全案至京，發刑部嚴訊。原審之劉令、葛品蓮之屍棺，皆提至京。及開棺檢驗，見屍有白鬚，且以絲棉包裹，兩手指甲皆修潔，既不類窶人子，又非少年，又無毒斃痕跡。訊劉，劉亦無從置對，蓋始終未見屍也。於是劉遣戍，楊、葛皆釋放，案遂結。

此案到京之日，刑部署中觀者如堵牆，幾無插足地。陸確齋比部，江西司司員也，亦往觀。據云葛氏肥白，頗有風致云。葛出後，削髮為尼。楊則不知所之。

或云當劉子聞楊語時，即潛以毒置葛品蓮茶甌中，品蓮飲之致死；或又曰劉子常攜毒，備覬便毒楊者，未知孰是。要之劉子之死於海，似有天道。楊雖非佳士，此案似非所為。又聞楊每於供詞畫押時，以「屈打成招」四字編為花押書之。吾以為楊必有隱匿，冥冥中特借此以懲之耳。

死生有命

光緒元年，上海招商局以福星輪船載海運糧米赴津，附舟者江浙海運委員三十餘人，又搭客數十人。行至黑水洋，遇大霧，適迎面一船來，未及避，被撞而沉。時當半夜，全船之人皆已寢，遂及於難。

委員中有一滿人者，將自蘇起程時，夢有人持一文牘示之，大書「水府」二字於牘面，云有公事相邀會議。醒即言於人，以為不祥，將改由陸行，聞者嗤之。其人亦以為夢境無足憑，遂至滬附福星而死。此滿人予尚至其家為人致賻金焉，今忘其名矣。中國鬼神之說甚不可解。

又有一林姓者，亦海運委員也，動身之日，已薄暮矣，一犬橫臥於大門外，林未之見，誤踹犬身，傾跌傷足，不能行，改期焉，竟免於難，莫謂此中無天道焉。

海王村人物

今京師之琉璃廠乃前明官窯製琉璃瓦之地，基址尚存。在元為海王村。清初尚不繁盛，至乾隆間始成市肆。凡骨董、書籍、字畫、碑帖、南紙各肆，皆麇集於是，幾無他物焉。上至公卿，下至士子，莫不以此地為雅遊而消遣歲月。加以每逢鄉會試放榜之前一日，又於此賣紅錄，應試者欲先睹為快，倍形擁擠。至每年正月初六起至十六日止，謂之開廠甸，合九城之地攤皆聚於廠之隙地，而東頭之火神廟，則珍寶、書畫、骨董陳列如山阜，王公、貴人、命婦、嬌娃車馬闐塞無插足地，十日乃止。此廠肆主人所以皆工應對、講酬酢，甚者讀書考據，以便與名人往還者不知凡幾，不似外省肆傭之語言無味面目可憎也。

予出入京師幾三十年，廠肆之人幾無不識予者，以予所知有數人焉。

有若琴師張春圃者，其志節高尚，已紀於前矣。

有若劉振卿者，山西太平縣人，傭於德寶齋骨董肆，晝則應酬交易，夜則手一編專攻金石之學，嘗著《化度寺碑圖考》，洋洋數千言，幾使翁北平無從置喙，皆信而有徵，非武斷也。

德寶齋主人李誠甫，亦山西太平人。肆始於咸豐季年，僅千金資本耳，李乃受友人之托而設者。其規矩之嚴肅，出納之不苟，三十年如一日，今則其肆已逾十萬金矣。誠甫能鑒別古彝器甚精，潘文勤、王文敏所蓄，大半皆出其手。誠甫卒，其猶子德宣繼之，亦如誠甫在日，猶蒸蒸日上也。

有若李雲從者，直隸故城人。幼習碑賈，長益肆力於考據。當光緒初年，各衙門派員恭送玉牒至盛京，盛伯兮侍郎、王蓮生祭酒、端陶齋尚書，皆在其中。一日，夜宿某站，盛與王縱談碑版，端詢之，王奮然曰：「爾但知挾優飲酒耳，何足語此。」端拍案曰：「三年後再見！」及歸，遂訪廠肆之精於碑版者，得李雲從，朝夕討論，購宋明拓本無數，又購碑碣亦無數。其第一次所購，即郛休碑也，以五百金得之，羅列滿庭院，果不三年而遂負精鑒之名矣。雲從為潘文勤所賞識，有所售輒如數以償，故雲從得以揮霍十餘年，終以貧死。

至書肆主人於目錄之學，尤終身習之者也。光緒初，寶森堂之李雨亭，善成堂之饒某，其後又有李蘭甫、談篤生諸人，言及各朝書板、書式、著者、刻者，歷歷如數家珍，士大夫萬不能及焉。

又有袁回子者，江寧人。亦精於鑒別碑帖，某拓本多字，某拓本少字，背誦如流。有若古泉劉者，父子皆以售古泉為業，其考據泉之種類，有出乎各家著錄之外者，惜文理不通，不能著述為可恨耳。

至博古齋主人祝某，鑑賞為咸、同間第一，人皆推重之。炳半聾時為予言。予生也晚，不及見此人矣。

及新學盛行，廠肆多雜售石印鉛板諸書、科學儀器之屬，而好古之士，日見寥寥。此種商業與此種人物，皆將成廣陵散矣。

世運升降盛衰之故，不其然哉，不其然哉！予深惜闤闠中有如是之人，而無人傳之也，因拉雜書之。

程堡殉難

丹徒吳封翁啟，軍機章京臺朗、監察御史臺壽之父也。咸豐戊、己間，由京攜家僑居蘇州，翁時年七十餘，形貌魁梧，白鬚渥丹，性復伉爽，能飲健談，座客常滿。

日者有客自京來，翁觴之。客程姓，名堡，字鎮伯。先世亦丹徒人，惟堡官京師已三世矣。時以京曹截取道員發浙江，道出蘇州。年五十餘，無子女，僅攜老妻與一僕而已。居翁家數日，終日求寶刀名馬，翁笑之。程曰：「今粵寇未靖，浙與賊鄰，豈必無戰事？吾今往當請纓自效，與長槍大戟相周旋，不願以毛錐子露頭角也。」

迨至浙，未三月，賊襲杭，陷之。會提督張玉良援師至，即克復，前後僅三日也。而堡死矣。

先是，賊之來也，為徽寧之敗賊，僅三千餘人。堡所居去賊尚遠，聞賊入，大怒，髮衝冠，鬚奮張，揮刀出門，擊殺數十百人，賊麇集交刃之，遂殞，妻亦自縊。其僕於賊去後，殮其夫婦，而至蘇述其狀於翁。翁大哭，設位祭之，且歸葬其櫬於祖籍焉。

嗟乎！堡一候補官耳，無守土之責，何必死？即不出殺賊，亦無人責以不義者，更何必死？而堡也則深以未酬其志，必欲殺賊以死，死忠義也。杭城既復，未聞當事有褒恤之者，是豈遺忘之耶？抑以死之無名，而不措意耶？

予嘗聞先君子言之甚詳，故特表而出之。

第八卷　卷下二

勝保事類記

勝保，字克齋，滿州鑲藍旗人，以乙榜任國子監助教，轉翰林，開坊洊至侍郎，尚書銜太子少保而終。其居官事跡，載在國史，不必記。記其由皖豫入陝瑣事，皆聞之先君子者。先君子以咸豐十一年冬入勝保潁州戎幕，相從至河南至陝西，至同治二年春逮問而止。前後十六月中，所見甚夥，頗足記也。

豫有邢家寨者，附捻逆者也。寨主邢萬鈞，曾擄勝保弟恩保而污辱之。至是恩保為翼長，潁州圍解，乘勝攻克邢家寨，捕邢萬鈞並捕其妻妾子女，恩保令兵士於白晝污而斬之。又製一刀，銘曰「斬邢萬鈞之刀」，用以磔之而泄忿焉。及勝獲罪，恩亦遣戍黑龍江，久之無以為生，遂入馬賊黨，為將軍銘安捕斬之。

有張龍者，宿州人，亦捻首也。其妻曰劉三姑娘，美而勇，嘗披紅錦袍，插雙雉尾，乘駿馬舞雙刀，人莫敢敵。張龍有外寵，劉銜之次骨。勝知之，使人誘劉以為義女，劉感勝，遂刺殺龍以眾降。勝又慮人之多言也，以劉配部將某。勝敗，劉復暗結苗沛霖圖舉事，為蒙城知縣尹春霖所殺，並其夫斬之。

苗沛霖者，鳳陽諸生，性陰鷙慓悍，有兵略。以團練保衛功，洊至布政使銜四川川北道巴圖魯，又暗通粵寇洪秀全，封為秦王。夜郎自大，目無餘子，獨服膺勝保，執弟子禮甚恭。

偽英王陳玉成自安慶為曾忠襄所敗，全軍皆沒，窮無所歸，走鳳陽投苗。苗匿而不見，使其姪天慶縛獻於勝。時勝駐軍於河陝之交，得陳大喜，剋日親訊，盛設軍衛。陳立而不跪，大笑曰：「爾乃我手中敗將，尚靦然高坐以訊我乎！」因歷舉與勝交綏事。勝大慚，命囚之，鋪張入奏，冀行獻俘大典以矜其功。批答反斥其妄，並命就地正法。大失所望，遂切齒於曾氏矣。

陳之囚也，有精舍三椽，陳設皆備，環以木柵，兵守之。先君子與馮魯川、裕朗西皆往見。貌極秀美，長不逾中人，二目下皆有黑點，此「四眼狗」之稱所由來也。吐屬極風雅，熟讀歷代兵史，侃侃而談，旁若無人。裕舉賊中悍將以繩之，則曰：「皆非將才，惟馮雲山、石達開差可耳。我死，我朝不振矣。」無一語及私。迨伏誅，所上供詞皆裕手筆，非真也。陳妻絕美，勝納之，寵專房，隨軍次焉。

勝性豪侈，聲色狗馬皆酷嗜。生平慕年羹堯之為人，故收局亦如之。

勝每食必方丈，每肴必二器，食之甘，則曰以此賜文案某，蓋仿上方賜食之體也。然惟文案得與，他不得焉。一日者，先君子報謁某於他所，忽奉勝召，遂亟歸。勝曰：「大帥之文案，猶皇上之軍機，至尊貴至機密，不得與他員相往來者，爾何報謁之有？」

勝豪於飲，每食必傳文案一人侍宴。初，先君子與馮、裕皆常侍宴者，繼以先君子不能飲，遂命馮、裕以為常。一日，軍次同州境，忽謂文案諸員曰：「今午食韭黃甚佳，晚飧時與諸君共嘗之。」及就坐，詢韭黃，則棄其餘於臨潼矣。大怒，立斬庖人於席前，期明早必得。諸庖人大駭，飛馬往回二百餘里，取以進，其泰侈如此。

馮魯川，山西進士，由刑部郎簡放廬州知府，出京赴任，道由河南，勝奏留軍中司章奏。馮，端人也，高尚澹泊，不趨時習。一日，與勝言論不翕，決然捨去，恐面辭不得，留書別之。勝閱書大驚，亟命材官賫狐裘一襲、白金二百，飛騎追馮還，戒之曰：「如馮不歸，殺爾無赦。」並手書致馮，略曰：「計此書達左右時，公度韓侯嶺矣，此即『雪擁藍關馬不前』，昔退之咨嗟太息之地也。公於軍事雖非所長，然品望學問當代所重，所以拳拳於公者，以公之品學足以表率群倫也。」云云。馮得書即返，勝大慰。先君子私詢於馮曰：「公何以去而復返？」馮曰：「勝雖跋扈恣睢，然能重斯文，言亦出於至誠，可感也。」

勝之章奏往往自屬草，動輒曰「先皇帝曾獎臣以忠勇性成赤心報國」，蓋指咸豐間與英人戰八里橋事也；又曰「古語有云，閫以外將軍治之，非朝廷所能遙制」；又曰「漢周亞夫壁細柳時，軍中但聞將軍令，不聞天子詔」。此三語時時用之。意以為太后婦人，同治幼稚，恐其牽掣耳。而不知致死之由，即伏於此矣。

至西安日，入行臺，甫下輿，而冠上珊瑚珠忽不見，遍覓不得，識者已知為不祥矣。及事敗年餘，有人於地肆上以錢四百購得之，可詫也。

入陝後，各省督撫交章劾勝，有劾其貪財好色者，有劾其按兵不動者，有劾其軍中降眾雜出、漫無紀律者，惟河南巡撫嚴樹森一疏最刻毒，略曰：「回捻癬疥之患，粵寇亦不過肢體之患，惟勝保為腹心大患。觀其平日奏章，不臣之心已可概見。至其冒功侵餉、漁色害民，猶其餘事。」云云。相傳為桐城方宗誠手筆。是以慈禧震怒，立下逮問之旨，而獄成矣。

初，勝之至陝也，軍機處有密書至，屬其日內切勿上言觸怒，因廷議將以陝撫、甘督二者擇一簡任，俾專力於西北軍事。勝得書示文案諸員曰：「姑妄聽之。」逾數日無耗，又曰：「是或有變，不得不上言利害以要之。」眾勸稍緩不聽，乃自屬稿，略曰：「凡治軍非本省大吏則呼應不靈，即如官文、胡林翼、曾國藩、左宗棠等，皆以本省大吏治本省兵事，故事半而功倍。臣以客官辦西北軍務，協餉仰給於各省，又不能按數以濟，兵力不敷，又無從召募，以致事事竭蹶，難奏厥功。若欲使臣專顧西北，則非得一實缺封疆，不足集事。」奏上，大受申飭，至謂該大臣跋扈情形，已可概見，不匝月而逮問矣。

勝之為欽差大臣也，與河、陝兩省巡撫皆硃筆札文，文案諸員嘗諫之，勝曰：「爾輩何知，欽差大臣者即昔之大將軍也。大將軍與督撫例用札，不以品級論也。」

在陝日，有駐防副都統高福者，出言頂撞，勝大怒呼杖，高福曰：「等二品耳，何得杖我？」勝曰：「我欽差大臣也，以軍法且可斬，何止杖！」立命杖二百逐之出。後之劾疏，高福亦其一也。又有德楞額者，初幫辦陝西軍務，亦副都統也。勝至劾去，降參領，俾統一軍壁黃河岸，德亦銜之。

逮問之旨密交多隆阿自賫，即代勝為欽差大臣者。至之日，勝方置酒高會，賓客滿座。有諜者報曰：「灞橋南忽增營壘三十餘座，不知誰何。」蓋橋之北為回逆所據也。須臾又報曰：「來者聞為將軍多隆阿也。」勝綽髯沉吟曰：「豈朝廷命多來受節制乎？若然，則不待營壘成即當入城進謁矣。姑飲酒，且聽之。」有登城見望者，而連營十餘里，刁斗森嚴，燈火相屬，寂無人聲。歸而相謂曰：「事不妙矣。」有潛行整裝待發者。

甫黎明，忽報多將軍至。將軍下馬，昂然入中門，手舉黃封，高呼曰：「勝保接旨。」勝失色，即設香案跪聽宣讀。讀畢，並問曰：「勝保遵旨否？」勝對曰：「遵旨。」多即命取關防至，驗畢，交一弁捧之。謂從官曰：「奉旨查抄，除文武僚屬外，皆發封記簿。」勝再三懇，多曰：「與爾八駝行李，其餘皆簿錄之。」當即摘去珊瑚頂孔雀翎，易素服待罪，遣兵百人守之。凡文武員弁兵卒役夫，皆遵旨投多軍矣。所不去者，幕中四人耳，一先君子，一馮魯川，一裕朗西，一丁友笙也。魯川尚作譜語曰：「諸君不觀降者乎？明日皆將傲我矣。」

勝於此驕容盡斂，淒然無色。平日扈人四十八人，僅存其二。紅旗小隊二百，並旗械皆不見，材官之便捷者皆亡去，所存者老僕三人，圉人二，皆勝官翰林時舊役也。是晚，即聞炮聲隆隆，徹夜不息。

次日黎明，人報灞橋克復，回壘皆掃平矣。即勝四十餘日所不能攻克者也。逾數日，文案舊員楊某，頭銜一新，欣欣然謂先君子曰：「克復灞橋保案，已得知府銜直隸州矣。公等不入多軍，真愚也。」一笑置之。

不數日，勝就道，例以鐵索纏輿槓，示鎖拿意。甫至河，德楞額截其輜重侍妾而去，勝訴於多，始返其輜重，而留其侍妾，謂人曰：「此陳玉成賊婦也，不得隨行。」勝亦無如何。

四人者，送至山西蒲州府，灑淚而別，勝猶人贈百金為舟車資也。於是四人遂分道矣，馮魯川往安徽赴任，裕朗西往江北寶應省親，丁友笙往河南，先君子由清江至泰州，攜予返上海。魯川，名志沂，山西代州人。朗西，名庚，漢軍正白旗人，原姓徐，父聯翰庭，曾為江蘇縣令。友笙，名憲錚，懷寧人，後不知所終。

勝至京，繫刑部獄，奉旨嚴訊，猶桀驁不馴，訊其河南姦淫案，答曰：「有之。河內李棠階、商城周祖培兩家婦人無老幼皆淫之。」周大怒，其後賜帛之命，皆周成之也。

是時周值樞府，李掌刑部，死之日，周監刑。勝曰：「勝保臨刑呼冤，乞代奏。」周曰：「聖意難回。」遂死之。勝有印章二，一曰「我戰則克」，一曰「十五入泮宮，二十入詞林，三十為大將」，皆生平得意事也。

當庚申年，文宗北狩，洋兵入京，和議成，議建總理衙門以治外交事。大宴各國洋使於禮部堂上，英使巴夏理首座。酒酣，勝笑謂巴曰：「今日和議已成，誓約已定，然兩軍究未分勝負也。今將與君會獵於郊外，勝負無與國事，第請與君之士戲耳，可乎？」巴大恐，乞恭親王和解之。勝大笑曰：「彼懼我矣。」蓋是時勝奉命總統各省援兵，位諸將帥上，當時援師至者十三萬，故巴恐也。

八里橋之戰，勝一生最得意事也。洋兵麇集，僧忠親王戰不利，大沽失守，近逼北塘。八里橋者，距北通州八里。洋兵欺我無人，長驅而入，至橋，勝扼之，炮彈破馬腹，頷受微傷，易馬與戰，卒敗洋兵。厥後和議易成，未受大累，未始非勝一戰之力也。當時勝裹創入見，故文宗獎之曰：「忠勇性成，赤心報國。」豈知此二語即長其傲，速其死哉。

當洋兵之焚圓明園也，珠玉珍寶皆掠去，獨書畫古玩棄而不顧。有土寇二百餘，掠所餘而遁。至中途，遇勝，聚而殲旃，盡得其所有。

簿錄京宅時，並其第皆賜兆公焉。兆公者，慈禧姊子，於穆宗為中表行也。同治季年，兆公之母死，居喪不哀，慈禧大怒，命盡室所有為皇老老焚之。皇老老者，即其姊之俗稱也，焚三日夜始竟。焚之時，命護軍統領率千人監視之，於是勝所得與歷年御賜物皆蕩然矣。聞勝所得者，有項墨林進呈之物數百種，他稱是亦書畫之浩劫哉。此事炳半聾見之，為予言。

勝一子海某為藍翎侍衛，以事遭斥，同治壬、癸間，飄泊至皖，英果敏憐之，為集資納同知，分安徽。英去，亦不知所終。

予隨侍先君子在皖南時，有揚州人馮繼昌者，曾在勝軍為文案小吏，後為皖北牧令，謂：「一日奉使至宿州，見旅舍有執泛掃役者，貌酷類勝，面亦半青色，密訪之，知其母少時曾一度侍勝寢。」蓋過境時，地方官所進之土妓也，而貴種淪為下賤矣。

故世之疵勝者，皆謂勝有應得之罪。惟曾文正有言：「勝克齋有克復保衛之功，無失地喪師之過，雖有私罪而無死罪。」人皆服其公允云。

考勝所部惟雷正綰一軍二千人為官兵，其餘則苗沛霖萬人，宋景詩八百人，長槍會也，又山東大刀會千人，合之不滿五萬千人。苗軍之餉，沛霖自稱報效者；雷軍則就餉於陝者；其餘則或有或無，不能按時按數也。即如先君子在戎幕時，文牘所載皆號稱月二百金，實則月僅得六、七十金耳。蓋各路協餉皆積欠，間有來者，必先盡勝揮霍，揮霍所餘，乃歸軍用耳。

一日者，方至同州，雷軍後至，猝遇賊伏，未及備，遂大敗，死傷枕藉。雷正綰痛哭入，求發恤賞，勝無以應。須臾負傷者累累舁至轅門下，徹夜呻吟，無過而問者。先君子謂人曰：「實令人慘不忍睹也。」

嗚呼！勝治軍如此，自奉又如此，焉得不敗？

就逮之次日，苗沛霖率所部返皖北而叛。宋景詩驟馬挺槍而來，哭拜於勝前曰：「沐恩不能終事公矣，世事尚有公道哉！」擲冠帶於階下，率八百人呼嘯而去，一渡河即大掠，後為宋慶所滅。大刀會亦返山東作亂。故曾國荃劾勝疏云：「勝保軍營，降眾雜出。」誠哉是言，未之誣也。

予嘗論勝之為人，瑕瑜互見，然瑕多而瑜少，是殆不學無術之故哉！然固一世之雄也。

冤鬼索命

苗沛霖之叛歸皖北也，皖豫之交嚮應者，大小一千六百餘寨，其中勝兵者不下四十萬人。有勸苗勾結張宗儒、任柱等大股捻逆直撲京津者，而苗逆必欲得蒙城為根據地，圍攻月餘不下，蓋縣令尹某深得民心，竭力守禦也。會僧忠親王援師至，內外夾擊，苗大敗潰。沛霖乘肩輿夜遁，有步卒二尾之曠野，殺苗割其首，將以獻王。

至中途，遇王萬青率兵巡緝至，驗其首信，遂受其降，匿二卒於營，至夜殺之，而以苗首級赴王師報功。王大喜，立賞萬金，翌日即專摺奏保提督黃馬褂、輕車都尉世職。

萬青家清淮，既思富且貴矣，不可不誇耀鄉里，遂乞假，以巨舟載金而歸。將至家，忽瞪目變色，趨至鷁首，若與人撐拒狀，大呼曰：「莫捉！莫捉！我即去即去。我不合殺爾冒爾功，我知罪矣。」言畢噴血而死。其從者知其事，言於人，謂實二卒索命也。

異哉！豈中國真有鬼神哉？豈鬼真能為厲哉？西醫曰：「肝經熱血妄行，則生平惡跡皆現象。」是說也，然乎？否乎？然予必主為厲之說，可以警世人之為惡者。

裕庚出身始末

裕庚，字朗西，本姓徐，為漢軍正白旗人。父聯某，字翰庭，道、咸間任江蘇縣令，君子人也。庚貌岐嶷，幼而聰穎，讀書十行並下，過目成誦。有譽庚於其父者，聯曰：「是兒聰穎自恃，不受範圍，愈貴顯愈不能保令名，吾料其必墮家聲，非福也。」太息而罷。

庚年十二即入國子監肄業。時勝保為滿助教，亟愛之，遂由官學生入泮。十四食餼，十六選優貢。累應鄉舉不第，遂就職州同，從勝保軍，甫逾弱冠耳。下筆千言，倚馬可待，縱橫跌宕有奇氣。凡奏報軍事，極鋪張揚厲之致，令閱者動目，故所至倒屣。

勝敗後，裕回江北省親，旋丁父艱。會馮魯川已由廬州知府權廬鳳道，隨巡撫喬勤恪駐壽州。馮與喬同年同鄉，又京師舊好，言聽計從。裕得馮汲引，入喬戎幕，司章奏，喬甚倚重之。

同治五年，喬調撫陝西，裕亦相從，已洊升知府矣。喬乞休，英果敏撫皖，又入英幕，而權勢愈盛。

甲戌歲杪，果敏擢廣督，裕以道員留廣東，事無大小，一決於裕，英惟畫諾而已。粵有二督之稱，其信任如此。

闈姓捐事起，英入奏，謂歲可益百萬，不待命下，即佈告舉行。巡撫張兆棟、將軍長善、都統果勒敏交章劾之，英、裕皆革職，未半年也。

英舉家返京，裕亦隨之。光緒三年，起英為烏魯木齊都統，期年卒於任。裕侘傺無聊。有言於李文忠者，謂裕才可用，遂至津，文忠眾人遇之。適劉銘傳授臺灣巡撫，延裕往，得開復知府，發湖北。時鄂督為張文襄，一見驚為奇才，歷畀沙市、漢口釐稅事，皆鄂省美任也。

復得道員，以明保送部，轉內閣侍讀學士。奉使法國，六年歸，升三品卿，而雙目瞽矣，以至於死。

裕妻前死，遺一子曰奎齡。妻婢鳳兒者，赤腳婢也，裕悅之，寵專房。繼又納京師妓，不容於鳳兒，服毒死。及罷官入都，邂逅一洋妓，實洋父華母所生也。

洋妓者，家上海，有所歡入京，追蹤覓之不得，乃遇裕，納之。鳳兒不忿，而洋妓陰狠，能以術使裕絕鳳兒且凌虐之。鳳兒不堪其虐，亦自經。於是洋妓以為莫予毒也已，與裕約，不得再納妾，不得再有外遇，氣日張，權日重，玩裕於股掌之上，而服從終身焉。

久之立為繼室，逼奎齡夫婦母之。奎齡不從，逃之蕪湖，匿縣令鄒雋之署中。雋之即清末外務部尚書鄒嘉來之父也。無何病死，鄒為之殮。

奎齡妻為覺羅續慶女，締姻時，續方為潁州守。續無子，僅一女，甚鍾愛，嫁後，續夫婦相繼亡。及奎齡逃，洋妓遂褫其婦之衣飾，斥為爨婢，婦不從，鞭之。裕偶緩頰，則誣以新臺之恥。久之，裕亦與之俱化，而朝夕鞭撻矣。裕之鄰為英教士居，常聞呼號之慘，得其情，甚怒，將與理論，始稍稍斂其鋒，然續女亦傷重死矣。

當洋妓之奔裕也，攜一子，小字羊哥，即上海所歡之種也。繼又為裕生一子二女，裕更視為天上人矣。洋妓固有才，凡英、法語言文字及外國音樂技藝皆能之。

二女既長，亦工語言文字之學，嘗夤緣入宮為通譯，西國命婦之覲慈禧者，皆二女為傳言，以故勢傾中外。會有外國女畫師者，慈禧命其繪油像甚肖，將酬以資。畫師以其為太后也，不索值。而二女竟中飽八萬金。未幾為慈禧所聞，逐之出宮，乃之津之滬，廣交遊，開跳舞會，泰西之巨商皆與往來。

二子名勛齡、馨齡，皆入資為道員，馨分湖北，勛分江南，皆為端忠敏所擯，不知所往。及裕庚死，洋妓率其二女流寓上海有年，今不知所終，或曰隨洋人至歐洲矣。

語云：「知子莫若父。」觀裕庚之結局，而聯翰庭之言驗矣。

劉傳楨出身始末

皖撫喬勤恪公駐軍壽州時，上元宗湘文太守源瀚薦一人來，曰劉傳楨。宗之未仕浙也，曾從事江北糧臺，勤恪時為兩淮運使，管糧臺事，駐泰州，倚宗為左右手。劉之來即委內署文案，劉不能文，不稱職，以宗薦故耳。

劉時年二十餘，美丰儀，衣帽蘊藉，風流自賞。馮魯川嘲之云「顧影翩翩劉太守」，即指傳楨也。劉雖年少，已知府用直隸州矣。既入幕，見裕庚為喬所重，深相結納，師事之，率妻子與裕同居，裕亦不吝教誨，年餘，居然能為公牘文字，即書法亦酷似，其小有才如此。繼知先君子與馮魯川皆裕舊侶，亦過從甚密，厚貌深情，人皆不以為忤。

考其官之由來，則得之豫勝營。豫勝營者，李世忠歸誠後所統之軍，皆降眾也。劉入營後不一年，由白丁而至四品官孔雀翎。或曰李豔其貌，將以官為餌而龍陽之。劉微窺其意不善，遂托故而逃，投勤恪也。

迨勤恪入陝，繼之者為英果敏，劉大見信用，管捐輸釐金諸要職，亦三品銜記名道矣。

同治庚、辛間，揚州捐輸分局亦劉所轄也，故時來揚，藉稽核公事為名為冶遊計。一日者遇李世忠於青樓，劉莊客對之，李笑曰：「爾勿作態，爾忘在營時為我提虎子邪？」劉大恨次骨，從此不敢與李相見。

在揚州以八百金購一小家女，年華碧玉，楚楚動人。畏人多言，不敢以捐局為金屋，攜至炮艇中設陽臺焉。於是鬢影衣香掩映於長槍大戟間矣。

劉時駐蕪湖管皖南釐政，歲必數遊揚州以為常。無何，英果敏丁外艱。滿大員例持服百日即視事，惟果敏父沒於京，須奔喪回旗守制，遂陳請半歲假。當是時，議所以護撫印者。故事，惟布政合格。時布政為張兆棟，按察為裕祿，兆棟孤介不與諸人洽，而裕祿則與劉傳楨、裕庚皆結為兄弟，情好甚密，劉乃與裕庚謀，慫恿果敏奏請裕祿護撫印。既捨布政而取按察，則疏中於張不能無微詞，兆棟深銜之，粵東惡感，蓋根於此矣。假滿，英回皖，張亦擢廣撫去，裕祿則坐升布政。

同治甲戌冬，果敏擢粵督，裕祿又坐升皖撫。傳楨、裕庚皆為果敏所奏調。裕庚隨果敏先行，傳楨有未了事，約後期。不意次年五月，因擅開闈姓捐，英、裕皆劾革矣。於是傳楨仍留皖，信用如故。繼而權安廬鳳潁等道，駸駸乎將膺簡命而大用焉。

數年，裕祿擢鄂督，傳楨自以為皖中老吏，新撫必倚重，忽為御史所糾，奉旨命江督查辦。勘云：「劉傳楨有奔走肆應之才，無監守臨民之器。」降通判，賦閒年餘，夤緣李文忠，得管淮軍支應，駐金陵，於是舊院笙歌，秦淮風月，朝朝暮暮，老死於是間焉。

李世忠之罷官閒居也，以演劇博簺為樂，蓄優伶數十人，往來於長江商埠博纏頭資。又於安慶居宅設博局為囊家，賭甚豪，勝負常巨萬，貴游子弟趨之若鶩。有吳通判弟某者，與博徒齟齬，為眾毆辱，傷其臂，數日死，吳固不敢與李敵，又不甘隱忍，姑控於巡撫取進止。

裕祿受其詞，意不決。傳楨進曰：「李世忠怙惡不悛，屢奉嚴懲之旨，猶不知斂跡，今又以賭博釀人命，當據實上陳，勿迴護。」裕即命傳楨屬草。奏上，奉旨就地正法，以除後患，遂斬世忠於中軍參將署前。劉之疏稿蓋引用曾文正受降時語，有云：「該逆雖已投城，其心叵測。嗣後各督撫當隨時察看，如果有不安分之處，一面奏聞，一面即行正法。」李之死，即死此數語也。不然，以優柔無識之裕祿，安敢死李世忠哉！非劉之銜恨，又誰憶二十年前之曾疏而引之哉！謂李之死，死於劉也可，死於文正也亦可。李世忠初名兆壽，亦賊中偽王也。投誠後改今名。

劉傳楨，字文楠，江南上元人，家世微賤，至傳楨始以斜封貴。子二，長名家怡，捐納湖北知州，為瑞澂劾罷。次某，夤緣入泮，發放時，以衣冠不整為學使者戒飭。傳楨死，家居蘇州，今式微矣。

二十年優孟衣冠，居然富貴，槐柯一夢，不堪回首當年。吾猶為傳楨幸也。

傳楨有母弟曰傳林，幼失教，長傲飾非，好昵群小，偽為神經病，以牴觸正人。傳楨有客曰姚伯平者，桐城惜抱翁後也，好作諧語。傳林妻醜，見婦人有微姿者輒羨之，於是修容飾貌，冀有所媚。伯平戲謂曰：「爾欲為紅樓之寶玉乎？」傳林聞，初亦不覺，繼忽怒曰：「寶玉曾盜王熙鳳，豈隱刺我盜嫂耶！吾必撲殺此獠。」紛呶竟日，闔局如沸，終使伯平謝過而後已。此在蕪湖事也。

傳楨自以得官不正，必欲傳林博一第以光門閭，然傳林亦小有才，詩詞駢體皆可觀，獨八股不能就範。忽於光緒己卯捷南榜，人皆異之。後以通判官廣東，遇痲瘋女，幾死。補廣州通判，通省第一缺也。補十年始得蒞任，一年即被劾歸，然宦囊累巨萬矣。後不知所終。

雁門馮先生紀略

馮志沂，字述仲，亦字魯川，山西代州人。中道光乙未舉人，丙申進士，分邢曹。篤行好學，手不釋卷，於刑律尤有心得。主秋審十餘年，以京察一等授安徽廬州知府。生平於財帛不苟取，聲色無所好。古文私淑惜抱，以上元梅伯言為師，以仁和邵位西、洪洞董研樵、平定張石洲、滿州慶伯蒼為友，皆當時攻經學、肆力於詩古文詞者。

及出都，為勝保奏留軍中司奏牘。勝之治軍也，所至無壁壘，兵士皆散處民間，從官皆購良馬留不虞，蓋賊蹤飈忽無定，一聞警，則騎而馳耳。公獨無馬，一帷車，老騾駕之；一牛車，載行李書笥而已。嘗謂人曰：「吾不善騎，設有警，墮馬而死，不如死賊之為愈也。」

與人交，無城府，性情相契，則肝膽共之。豪於飲，善詼諧。備兵廬鳳時，隨巡撫駐壽州，署中不攜眷屬，惟以座客常滿樽酒不空為樂。喬勤恪重其資望，凡捐輸營務報銷皆命公總之，此在他人歲入且巨萬，公但稽核公事而已，羨餘皆涓滴歸庫。人曰：「公則清矣，其於後任何？」公曰：「吾不能預為後任作馬牛也。」

同治乙丑夏，雉河告警，捻逆已渡渦，將逼壽州，大軍戒嚴，勤恪督師移駐南關外。刺史施照，良吏也，有應變才，檄鄉兵運糧入城，為守禦計，詣公請登陴聽號令，公曰：「吾於軍事未嘗學問，姑從君往，遠眺八公山色可也。一切布置君主之，勿以我為上官而奉命也。」

於是，攜良醞一巨甕，墨汁一盂，紙筆稱是，書若干卷。人曰：「登城守禦武事耳，焉用是為？」公曰：「我不嫺軍旅事，終日據城樓何所事，不如仍以讀書作字消遣也。」人曰：「賊至奈何？」公曰：「賊果至即不飲酒、不讀書、不作字，又奈何！既為守土官，城亡與亡耳，我決不學晏端書守揚州，矢遁也。」言罷大笑。

既而大雨數晝夜，城不沒者三，渡舟抵雉堞上下。賊無舟不得至，又不能持久，遂退。公曰：「此所謂一水賢於十萬師也。」

有鹽城人孫某者，以鄉團功得縣丞，發安徽，挾吳清惠書投勤恪，留之軍中供奔走。孫自謂工詩，聞公有文名，挾一卷就正。予時居公署，受業於公。是日，見公面客，捧一巨冊，作驚駭狀，大異之。客去，公手一冊至曰：「諸公盍觀奇文乎？」及揭視，皆轟堂，公亦忍俊不禁。蓋其詩有「札飭軍功加六品，借印申詳記宿州」等句，如此甚夥。公曰：「彼欲我題，何以落筆？」既而曰：「有之矣。」遂書曰：「讀大著五體投地，佩服之至，反覆吟誦，不覺毛骨之中，悚出一然。」眾又大笑。其風趣如此。

一日，會食時，有勸之迎夫人者，公曰：「內子來，諸公皆將走避矣。」眾問故，公曰：「內子身長一丈，腰大十圍，拳如巨缽，赤髮黑面，聲若驢鳴，那得不怕？」眾大笑。蓋公娶郝氏，同里武世家也，父武進士，兄武狀元，夫人亦有赳赳之風。公通籍後，獨居京師，無姬侍，與夫人不相聞問者三十年矣。聞之公老僕云，蓋奇悍也。

公事上接下，無諂無驕，人皆樂與相近，僚屬進見無拘束。遇文士則尤加禮。合肥徐毅甫、王謙齋皆博雅士也，二人至，必設酒食，酒酣，必爭論不休。一日者，謙齋誤引〈西洲曲〉「單衫杏子紅」為「黃」，又引上句為「海水搖空碧」，公大笑曰：「此二句不連屬，『紅』不應作『黃』，罰無算爵。」勤恪嘗羨曰：「公齋中乃常有文酒之宴，我則軍書旁午，俗不可耐矣。」

項城袁文誠過臨淮，遣人以卷子索勤恪題詠，乃明季李湘君桃花扇真跡也。扇作聚頭式，但餘枝梗而已，血點桃花，久已澌滅，僅餘鉤廓。後幅長二丈餘，歷順治至同治八朝名人題詠迨遍。勤恪命公詠之，公曰：「言為前人所盡。」但署觀款以歸之。予時年尚幼，寶物在前不知玩覽，可惜也。侯與袁世為婚姻，故此卷藏袁氏，今不知存否？

公有客陳少塘者，故人楊見山所薦，斗筲也，能以小忠小信動人。公委司度支，大肆侵蝕，公知之。或勸公逐陳，公曰：「見山端人，且不得意，吾不忍拂見山耳，且吾酒皆陳所掌，但能不竊吾酒足矣，財何足論？」公嘗曰：「吾生平無他長，惟司文柄掌刑條或稱職，乃終身不得衡文，誠恨恨。」又權皖臬，平反冤獄無數，有頌其積陰功者，公笑曰：「吾無子，留陰功與誰？或天不靳吾年，俾吾多飲可耳。」

同治丙寅，授皖南道。丁卯四月，以酒病卒，年五十七。身後惟餘俸錢數百金，藏書數十笥而已。曾文正為之理其喪焉。後之為皖南道者，無不滿載而歸也。

公清廉出天性，非矯飾者比，尤恨錙銖必較之輩，以為精刻非國家之福。誠哉名言！

公官京曹時，頗嗜碑版書畫，及分巡廬鳳，則絕口不談。一日，有屬吏以宋拓某碑獻者，匣以文梓，裹以古錦，公亟命還之。先君子曰：「何不一啟視？」公曰：「一見則不能還矣。此著名之物，不啟視，尚可以贋本自解，若果真而精者，我又安忍不受乎？受則為彼用矣。不見可欲，其心不亂，故不如不見為妙。」卒不受。

公衣履樸質，除古書佳帖外，無值錢物。予時初學書，公顧而善之，教以用筆與臨摹之法，謂他日必成名家。迄今將五十年，言猶在耳，惜公不得見矣。公手書《黃庭》小楷一冊贈予，甚精妙，予居公署二年，得公書最多也。

公雖膺甲榜官司道，而用非所學，常鬱鬱不得志，讀其詩，可知其大概矣。

公貌清冷，長不滿五尺，口能容拳，酒酣輒引以為笑。每飯必飲，每飲必健談。公嘗曰：「吾幼失怙恃，不逮事親，君門萬里，不敢仰望，終鮮兄弟，夫婦失歡。平生所樂，惟友朋之聚耳。」有問公何以無子者，公曰：「吾十七歲時，坐書齋手淫，適一貓驟撲吾肩，一驚而縮，終身不癒。此不孝之罪，百身莫贖也。」

公著有《微尚齋詩》五卷，文一卷，皆已梓行，公牘若干卷未刻。身後書籍字畫衣物，皆為其族子馮焯號笠尉者將去。

予自有知識以來，所見文人學士達官貴人商賈負版之徒，其中才能傑出，性情伉爽者，頗不乏人，而揮金如土、不屑較錙銖者亦有之，惟口不言錢，不義不取，出納不吝，五十年來僅見公一人而已。豈不難哉！

同治間，有與公同姓名者，由大挑補安徽天長知縣。學使景其濬以供張不豐，齮齕之。馮以地瘠民貧對。景大怒。景門生路玉階，河南人，安徽已革知縣也，與馮故有隙，又從而媒孽之。馮已受債累，又不堪其辱，投淮河死。有三言絕命詩云：「吾遭毀，驚嚇死。路玉階，傷天理。七尺軀，亡淮水。」事後英果敏為景極力彌縫，馮冤終不得白。

公言晏端書矢遁事，乃晏為團練大臣時，守揚州，賊氛已逼，晏在城上思遁，忽曰：「吾內逼須如廁。」眾曰：「城隅即可。」晏曰：「吾非所習用者不適意。」匆匆下城出門去，不知所往。至今傳為笑談。

道學貪詐

曾文正之東征也，以大學士兩江總督治軍於安慶，開幕府攬人才，封疆將帥出其門者甚夥，一時稱盛。有所謂「三聖七賢」者，則皆口孔孟、貌程朱，隱然以道學自命者。

池州進士楊長年者，亦道學派也，著《不動心說》上文正，文正閱竟，置幕府案頭。時中江李鴻裔亦在幕中，李為文正門人。楊說有「置之二八佳人之側，鴻爐大鼎之旁，此心皆可不動」云，蓋有矜其詣力也。李閱竟大笑，即援筆批曰：「二八佳人側，鴻爐大鼎旁。此心皆不動，只要見中堂。」

至夜分，文正忽憶楊說，將裁答，命取至，閱李批，即問李曰：「爾知所謂名教乎？」李大懼，不敢答，惶恐見於面。文正曰：「爾毋然。爾須知我所謂名教者，彼以此為名，我即以此為教，奚抉其隱也。」人始知文正以道學箝若輩耳，非不知假道學者。

於是有桐城方某者，亦儼然附庸於曾門聖賢中矣。方某聞為植之先生東樹之族弟。先生得古文真傳，品亦高潔，與城中桂林望非一族。方某竊先生未刻之稿，遊揚於公卿間，坐是享大名。初客吳竹如方伯所，有逾牆窺室女事。方伯善遣之，不暴其罪也。嗣是橐筆為諸侯客者十餘年。相傳客豫撫時，嚴樹森劾勝保一疏即出其手。及文正至皖，為所賞，延之幕府，執弟子禮焉，故與李文忠稱同門也。及文忠督畿輔，方某以知縣分直隸，補冀州屬之棗強知縣。

予累年奔走京師，與海王村書賈習。書賈多冀州人，能道方某德政甚詳晰。

有富室某獲賊送方某，乞嚴懲，方某曰：「爾失物乎？」曰：「幸未失，甫聞穴壁聲即擒之矣。」方某曰：「彼亦人子也，迫飢寒，始為此。本縣不德，不能以教化感吾民，吾甚慚。人非木石，未有不能感化者。爾姑將此人去，善待之，曉以大義，養其廉恥，飲食之，教誨之，為本縣代勞也可，慎毋以為賊也苛虐之。本縣將五日或十日一驗其感格否。」富室不得已，將賊去。賊聞方某語，至富室家，頓以賓客自居，稍不稱意，即曰：「官命爾何敢違？」富室無如何，又不敢縱之去，懼其驗也，乃輾轉賄以重金，始不問。從此無敢以竊物告者。

邑有少孀，無子女，有遺產千金，叔覬覦之，逼其嫁，不從，乃訟其不貞。方某逮孀至，謂之曰：「吾觀爾非不貞者，爾叔誠荒謬。然吾為爾計，日與惡叔居，亦防不勝防，設生他變，將奈何？」婦叩頭求保護。方某曰：「爾年少又無子女，按律應再醮。」婦曰：「醮則產為叔有矣。」方曰：「不然，產為爾所應有，叔不得奪也。」婦叩頭謝曰：「感公曉諭，願醮矣。」方稱善者再，回顧曰：「命縫工來。」指婦謂曰：「以此婦為爾妻，如何？」縫工睨婦微有姿，婦視縫工年相等，皆首肯。方曰：「佳哉！本縣為爾作冰上人。」即令當堂成禮，攜婦去。命隸卒至婦家，盡取所有至署中。明日縫工叩頭謝，並言及婦產，方曰：「爾得人矣，猶冀得財耶？何不知足乃爾。此金應入公家矣。」斥之退。縫工不敢言，婦亦懊喪而已。

一日，有省員至，方宴之，命行沽，乃薄劣無酒氣。方曰：「是沽者盜飲益以水耳。」沽者曰：「此間酒無不益以水者，非關盜飲也。」立簽提酒家來，責之曰：「凡人行事當以誠，誠即不欺之謂。爾以水為酒，欺人甚矣，且以冷水飲人豈不病？是乃以詐取財也，律宜重懲。」命將所蓄酒盡入官。酒家叩頭無算，願受罰。方曰：「罰爾若干為書院膏火，免爾罪。」乃已。

縣月有集，集者，平日無所之物，是日接陳於市，俾鄉民之來購者，不過市帛菽粟之類而已，來者麇聚。方於是日以少許酒食款鄉之耆老於堂上，畢，出所著語錄若干冊遍給之，且曰：「此本縣心得之學，足裨教化，所值無多，爾曹可將去。按都圖散之，大有益於人心風俗也。」耆老以為贈也，稱謝而去。翌日檄諸里長等按戶收刊資，每冊若干，又獲金無算。

族弟雅南自故鄉來省兄，意有所白而未言。方一見，作大喜狀曰：「弟來甚善，我薄俸所得惟書數十笥耳，將賚歸以遺子孫，無可托者，弟來甚善，其為我護此以歸可乎？」

越日，集空篋數十於堂上，命僕隸具索綯以待。方躬自內室取書出，皆函以木，或以布，往來蹀躞數十百次。堂上下侍者皆見之，有憐其勞欲代之者，方呵之曰：「止。昔陶侃朝暮運百甓以習勞也，我書視甓輕矣，亦藉此習勞耳，何用爾為？」裝既竟，乃以繩嚴束之，即置之廓廡間，非特僕隸等不知中之所藏，即其弟亦茫然也。

至夜分，方妻密語雅南曰：「爾途中須加意，是中有白金萬也。」雅南大詫曰：「吾所見書耳，非金也。」妻曰：「不然，金即入書中，函穴書入二大錠百兩也。」雅南大駭，恐途中有變，不欲行。妻曰：「爾仍偽不知可也，苟有失，罪不在爾。我之所以詔爾者，俾途中少加意耳。」事乃泄。

故事，帝謁陵，直隸總督治馳道成，須親驗。是日，百官皆鵠立道旁，候文忠至。方亦列班中。文忠一見即握手道故，同步馳道上。文忠好詼諧，忽謂方曰：「爾官棗強有年矣，攫得金錢幾何？」方肅然對曰：「不敢欺，節衣縮食，已積俸金千，將寄歸，尚未有托也。」文忠曰：「可將來，我為爾賫去，我日有急足往來鄉里也。」方稱謝，即摸索靴中，以銀券進。文忠曰：「爾勿以贋鼎欺我，致我累也。」言罷大笑。道旁觀者數萬人，皆指曰：「冠珊瑚者，中堂也，冠銅者，方大令也。」皆嘖嘖驚為異焉。

久之，以循良第一薦，例須入覲。去官之日，鄉民數萬聚城下，具糞穢以待，將辱之，為新令吳傳紱所聞，急以敝輿舁方由他道遁，始免。方懼入都為言官持其短長，乞病歸。置良田數百頃，起第宅於安慶城中，又設巨肆於通衢以權子母。三十年前之寒素，一變而為富豪矣。迨方死，子孫猶坐享至今日也。

予既聞書賈語，詢之曰：「何邑人甘受其虐，竟無上訴者？」賈曰：「彼與中堂有舊，訟亦不得直，且無巨室與朝貴通，何敢也？」相與太息而罷。

棗強者，直隸第一美任也，有「銀南宮、金棗強」之謠。他人令此，歲可餘四萬金。方與文忠昵，既無餽遺之繁，又善掊克之術，更以道學蒙其面，所入當倍之，蒞棗五年，不下四十萬金矣。

方仍布衣蔬食敝車羸馬以為常。軍興以來，縣令皆有升階或四品或五品，無以素金為冠頂者。方則始終七品服也。

昔文正幕府人才輩出，軍旅吏治外，別為二派，一名士派，如獨山莫友芝郘亭、武昌張裕釗廉卿、中江李鴻裔梅生輩，皆風流儒雅以詩文名者；一道學派，如徽州何慎修子永、程鴻詔伯旉，六安涂宗瀛朗軒，望江倪文蔚豹岑，桐城甘紹盤愚亭及方某輩。然何管蘇州釐政三十年，弊絕風清，死無餘財，鴻詔以校官終，不求仕進，皆卓卓可風者。

若涂者以大挑知縣受文正知，奏簡江寧知府，不數年而蘇松道，而江藩，而豫撫，而鄂督，解組歸田，百萬之富矣。又為子納道員，分江蘇。宣統改元，以侍妾盜其黃金岔而歸。倪以編修授荊州守，荊故鄂之美任，亦洊至豫撫，兼河督，富亦百萬，有巨宅在江寧城中，亦為子納道員，分江蘇。子不才，受鴉片毒，不能事上，上官亦以其富家子置之。有黃金置篋中，子常枕之，不知中有金也。一日者為僕挾之去，不知所往，覓枕不得，始悟中有金焉。涂、倪之相類，造物者有意揶揄之者。甘令江蘇，累權繁劇，沽名之事亦為之，後以推諉命案為沈文肅劾免。一孫病不能為人，竟絕嗣。

京師諺云：「黃金無假，道學無真。」此之謂歟。

第九卷　卷下三

滿員貪鄙

穆克登布者，字少若，荊州駐防滿州旗人，前江寧將軍魁玉之第七子。魁玉隨征粵寇有功，洊至專閫，死謚果肅，建專祠於鎮江，富為荊旗冠。湖北鄉試駐防中額二，什之八皆賄得，穆亦其一也。丰姿俊美，長身玉立，見者莫不以為善氣迎人，和藹可親，不知其陰險忌刻也。

以久經閱歷之歐陽霖，且墮其術中，況其他哉。初以道員至江南，劉忠誠蔑視之。穆與布政瑞璋善，瑞貪墨最著，為穆道地無效。歐之名曾文襄震之，劉忠誠亦器之，穆遂以媚瑞者媚歐，果一言重於九鼎，歐任善後事，不一年調管釐政。歐家揚州，母年九十餘，歐性孝，不欲久虧溫清，乞解釐政而就揚州堤工，堤工遠遜釐政也，並舉穆可當善後事，忠誠皆許之。未幾，穆亦管釐政，而歐已丁內艱回籍矣。

穆初以歐薦得露頭角，既見歐所造漸不如己，又加以嚴責其子，恨之，遂浸疏，然猶未肆其傾軋之技也。人有以穆之詞氣語歐者，輒斥之。及服闋回江南，見穆子所為加劣，復言於穆，迫使嚴束之，毋為大吏聞。穆於是大恨。同官或有言其子惡者，穆皆以為歐之播揚，然其時歐固未有職司，無所用其排擠也。

會有謠傳通州張殿撰謇將條陳穆父子惡跡，屬言官糾之，穆大懼，遂乞退，忠誠許之，思釐政為歐舊任，仍委歐，穆又以為歐之陰謀。交替日，新舊令尹至不相見，歐亦未之覺也。未幾，剛毅來江南，搜括財賦，欲增釐稅。歐為民請命，拂剛意。穆遂密言：「歲可增緡錢三十萬，歐陽霖欲見好於民，而不顧國計，非忠也。」剛於是罷歐而任穆，而宿憾復矣。及剛去，復以民困苦狀白忠誠，以為剛逼之使然，其實萬無可增之理。忠誠本惡剛，頗然穆言，而不知穆之密言於剛也。

穆之再管釐政也，大肆貪婪，二子尤縱恣。奔走其門者，皆借風月為關說地。譚嗣同時已知府候補，挾貴人書求大勝關釐稅，穆嚴詞拒之。有唐光照者，以五千金賄穆子得之，譚一怒入都，致蹈康梁之禍，慘矣。穆且言於忠誠曰：「唐某以徐中堂書來，不敢不奉教。」徐中堂，徐郙也，穆在京師，曾執贄門下，人皆知之，托言於徐，使人不疑也。其狡如此。

有祿德者，亦荊州駐防旗人，進士也。家甚寒，以穆故，由部曹改知縣來江南，穆委之芒稻河、立法橋兩稅關，皆江北最優之地，更番六年，同僚莫不羨之。祿歎曰：「我僅清宿逋耳，若計六年所獲，當可贏十萬餘金，皆為鄴生、蜀生擲之花間矣。於取於攜，猶之外府。我與穆本為親故，又受其培植，何敢與較，傷哉！我浪得虛名耳。」祿未至儀徵令之前，在江寧為人言者。

鄴生文達、蜀生文錦，即穆之二子，皖人陳靜潭孝廉常以孽畜呼之者也。朱寶森、張景祐皆昵於孽畜，凡孽畜冶游之地，如鎮江、如揚州、如金陵，所費皆二人任之，任情揮霍，一擲千金以為常。此歐陽霖所以自恨無知人之明也。

淮安稅關者，特簡內務府司員為監督，已二百餘年矣。新政行，為外人所詬病，廷議改歸江督委員監收，比武昌、蕪湖例，部議以淮揚道淮安府按年輪直。穆夤緣總督，請加派監司一員專司之。蓋言道府皆有專責，恐不能兼顧，反滋流弊。奉諭允，即以穆當其任，於是者四年，皆相傳獲三十萬金也。乃起巨第於金陵，購物產土田於沿江繁盛之區，其他銀行鹽運皆有巨資，為江南監司中首富矣。權徐州兵備年餘，豐、碭之鴉片，亦存儲數千斤。革命軍起，金陵光復，穆所存鴉片擲道旁無數也。

歲丁酉，文錦以捉刀捷京兆，納知府發浙江，不二年，為言官劾罷，永不敘用。至宣統二年，文錦又復職請覲矣。朝廷黜陟無權，親貴苞苴有價，可歎哉！

穆初司鹺政時，有韓某者，庸妄人也，管鏢捐事，上書言：「歲比不登，稅不足額，蒙允移善地感甚。茲上盈餘千金，願充公用」云云。穆批答嘉許之。未幾，又上言：「千金想蒙察收，久不見調，不知何故」云云。皆印文，非私函也。

第二次書至，時正歐陽霖再任受事之日，霖一見大詫之，觀前書更怒，曰：「安有苞苴橫行，居然形諸公牘者！安有正稅不足，而有盈餘者！」遂揭參革職。穆又謂霖揭其短，更恨之，及霖罷，遂與霖絕。辛亥八月，革命軍起，穆長兄札拉哈哩在鄂全家被刦，僅以身免。穆家江寧，亦率妻孥遁上海，城破之日，家盡毀，第宅為墟。或云父子皆遁日本，不知所終。

滿洲老名士

炳成，字集之，五十後號半聾，以左耳重聽也。為清肇祖後，世貴顯。父桂昌，道光初為浙江糧道，擢寧紹臺道。以治戰艦不如期，為欽差賽尚阿所逼，自經死。伯父桂清，以都御史訊獄湖北道卒，謚文清。家雖貴而貧。

炳成幼好學，無貴介習，尤好金石書畫。童年見桐城吳康甫先生甚敬之。吳時年二十餘，為杭州府知事，炳從其習篆隸、識鐘鼎字、學篆刻。年既冠，遭家難，浙之人士憫桂昌清貧，醵二萬為賻，炳成遂奉母攜妻子還京師。以八旗貴胄浮薄無文采，不願與往還，而獨與漢人士相款洽。初居宣武門故第，極亭臺花木之勝，迨母沒，僅妻與子三人耳，又少僕從，遂貨其居，挾妻子賃居南城外龍樹院之東偏天倪閣。

炳之返自浙也，藁葬畢，不事生人產，又座客常滿，樽酒不空，有古瓷酒杯三百器，號三百杯齋，不數年，裘敝金盡矣。以蔭為都察院筆帖式，四十年不遷，鬱鬱以終。故事，戶部銀庫司員三年一更替，司庫一缺選各署資深之筆帖式為之，歲可贏千金。其族子某為某部筆帖式，資與炳埒，少數月耳，極力營謀不能得，而炳成適當選。炳不知其猶子之謀也，三年期滿始知之，盡舉所有以與猶子，弗顧也。人以是尤重炳。

炳狂傲，嘗蔑視上官，以為不足與語。國初故事，設有司屬與堂上論事久，得自挾坐具席地坐而言，此猶未入關時氈幕中舊習，而《會典》既未刪除，亦未聲明。一日者，炳故擇一長言之事，挾坐具懷《會典》以往，見都憲，立談良久，忽設坐具坐於地。都憲大詫，將斥之，炳以《會典》進，都憲瞠目以視，而無如何，同僚咸以為玩世不恭也。

子年十五，晝夜課之讀，舉《十三經》皆背誦如流，猶以為未足，更以《國語》、《國策》、《史記》督責之。子不堪其苦，嘔血死，妻痛子亦殞，炳乃大悔。獨居龍樹院，踽踽涼涼，淒然寡歡，時止於光稷甫先生家。予初至京，即於先生家見之者也。

繪天倪閣圖冊以悼亡，遍徵題詠。其為人也，一介不取，故舊貸以金，皆不受，歲入俸四十條金，不足，則鬻書畫以益之，雖至交如光，亦不受其尺絲寸縷也。

能飲健談，尤熟於國朝掌故。嘗言《品花寶鑑》小說，出於道光中葉，其時正隨父居杭州任所，著者挾貴人介紹，以稿本遍閱江浙諸大吏，所至以旬為限，獲金無算。其書中人有身見之者。華公子者，崇華岩，父名玉某，兩任戶部銀庫郎中，集資百餘萬，有園林在平則門外。華公子死，貧無以殮。徐子雲者，名錫某，六枝指，其園即在南下窪，名怡園也。田春航者，畢秋帆制府也。侯石翁者，袁子才太史也。史南湘，蔣苕生也。屈道翁，張船山也。孫亮功者，穆揚阿、慈安后之父，嗣徽、嗣元，即其二子四山、五山也。魏聘才者，常州朱宣初，即江浙時文八名家中朱雪牓之父也。蕭靜宣者，或曰江慎修也。梅學士，或曰鐵保也。奚十一者，孫爾準之子，爾準時為兩廣總督也。潘其觀者，內城內興隆靴肆主人姓蘇也。梅子玉、杜琴言皆無其人，隱寓言二字之義。高品者，名陳森書，即著書之人也。伶人袁寶珠，則仍其姓名，雲南甘太史為之自盡者也。其餘諸伶皆原姓名，未改也。宏濟寺即興勝寺。金粟者，即桂竹蓀，曾權常州知府，遭吏議者也。其餘如王恂、顏仲清，皆隱當時名人，不可縷紀也。

又言《紅樓夢》一書，實隱國初宮闈事，非明珠納蘭成德之事也。其賅洽如此。

光緒丁、戊間，京師有歌舞妓厭風塵，欲擇人而事，一日於座上見炳，大悅，以為可偶，遂委身事之，生一子一女。子名增篸，年十三，亦畢《五經》並《爾雅》、《儀禮》皆成誦，為國子監官學生，凡旗生無與匹者，及壯年時，選護軍。

乙未予出京，遂與炳長別矣。其子自炳沒後，奉母遷居內城，遂不知所終。

炳好讀書，手不釋卷，凡有心得者輒手錄之，名之曰《我愛鈔》，積十餘年，得巨冊厚二尺許，沒時鬻藏書以殮，此手鈔者未知尚存否也。予時不在京，不能以重價易此，可惜也。

炳有一可笑事，其妾言於光妾者。炳性僻，不能與人同衾臥，每晚飯時，必使其妾遞戒指，如宮中遞膳牌例，若留侍，則留其戒指，事畢，即遣去，或天癸期則免遞。其可笑如此。光侍御為予言，皆不禁大噱。予戲曰：「此龍子龍孫法乳也。」因附志之。

文章挾制

懷寧有楊秉琦者，禮南學士秉璋之九弟也。幼隨兄官京師，從瑞安黃漱蘭學士體芳攻舉業。學士時文名家也，門牆甚眾。同時有廬江人章玕者，字蘊卿，富室子也，以貲為戶部郎，亦負笈從黃遊，與秉琦有戚誼，叔之，至相得。凡學士所改課作，彼此皆互相留稿，以資揣摩。

同治庚午科，秉琦恐兄入闈須迴避，乃出京就本省試。是科順天首題為「季氏使閔子騫為費宰」全章，黃曾改秉琦課作極佳，章玕攜入闈錄之，得中第十名，刻入闈墨。玕父恐秉琦揚其事，手千金贈之。久之，學士死。

秉琦屢試不第。其為人乖謬成性，好惡與人殊，妻死無子，遂隻身走金陵就章。

先是章捷後，同鄉皆訕笑之，龔引生比部竟於宴會時面誚焉。章恐為言官上聞興大獄，遂改道員，分江蘇。其時曾忠襄督兩江，章挾權貴書以往。未幾，遂得管籌防局務，金陵城中道員第一美差也。

當秉琦之造章也，謂章曰：「我貧而病，又無子，將就養於爾，爾當能奉我以終也。」章唯唯，竊怪之，然不敢慢，闢精室處之，飲食起居，事事維謹，少不遂意，則必呼章面責之，如父之訓子然。章有婢美，秉琦欲之，即遣事焉。

日者章自上海返，攜廣東藤椅入，甚精美，秉琦見之，命留其半。章曰：「此我購以奉帥者，叔愛之，當別購以進。」秉琦曰：「爾視我不如帥，何也？」章曰：「非帥以一紙與我，安得此美任？」秉琦曰：「我豈無一紙與爾耶！」章無言。如是將十年。

秉琦死，章為營喪葬焉。僕婢皆尤之曰：「主人徒多此一策耳，而遂受挾制終身，何為哉！」

有榜下知縣周某者，貴州人，以初抵省謁章，諛之曰：「職未第時，即熟讀觀察闈墨，誠名家也。」章以為誚己，大怒，變色而起，即傳呼送客。周惶懼不解，及出，詢之皖人，始知其故。自是僚屬無敢以文章頌章者。

肅順軼事

清咸豐十一年，各國聯軍入京，文宗挾后妃等走熱河，未幾崩。及梓宮還京，那拉后遂斬戶部尚書宗室肅順於菜市。清祖制，凡宗室有罪，皆於宗人府賜自盡，不刑於市。此次不遵祖制者，以叛逆論也。肅既伏法，京師人莫不以為大奸之除，非那拉后不能有此剛斷，頌聲徹上下。嗚呼！豈知肅順有大功於國，實隱成中興之業哉！

咸豐間，左文襄會試入京，伏闕上書，痛陳時事，多觸忌諱。文宗大怒，革舉人，命順天府五城逮捕治罪。旨未下，肅陰命文襄逸，次晨旨下，而文襄已出國門矣。肅與文襄初未謀面也。曾文正皖南之敗，退守祁門，劾者紛起，廷議將改簡，肅大言曰：「勝敗兵家之常，臨敵易帥，兵法大忌，不如使之帶罪立功可也。」文正遂得一心於兵事，卒平大亂。

當欽差大臣向榮之沒於軍也，肅力舉張忠武國樑繼其後，文宗將許之。時長洲彭文勤蘊章在樞廷，文宗問彭曰：「爾以為如何？」彭曰：「張國樑究係反賊投誠，其心叵測。」乃簡和春繼向任，而江南軍事大壞。庚申大營潰敗，張忠武陣亡，和亦畏罪自盡，兩江總督何桂清亦逮問伏法。向使從肅言，則張忠武必能支持，待曾軍南下，合圍金陵，決無江浙兩省之糜爛矣。

肅之才識，非有大過人哉！直至今日，天下無知左、曾二公隱為肅所用者。徙薪曲突，功人無功，千古傷心矣！世之罪肅者，以其盛氣凌人，驕恣不檢，遂並其功而沒之。不知盛氣驕恣，乃親貴之常態，但使有功於國，其他可未減也。

肅極喜延攬人才，邸中客常滿，皆漢人也。湖口高碧湄大令，會試在京，肅聘為記室，欲以狀頭畀之。庚申高式式，迨殿試，適肅奉命為收卷大臣，慮有優於高者，欲困之，遂下令曰：「下午四時不交者撤卷。」乃未晡，即有交者，視其名，鍾駿聲也，通篇七葉半，無一補綴。肅不覺大惱，即受而置之靴中，既畢事，亦忘之矣。歸邸脫靴，始見之，大駭，即遣騎馳送閱卷處。閱卷大臣以為必肅所注意者，遂以一甲一名進呈御覽，而鍾竟得大魁矣。及遍覓高卷，乃知亦在撤卷中。蓋高作字甚緩，日將沒，猶未畢，遂一例被撤，而肅不知也。及朝考，又以出韻置末等，以知縣發江蘇，補吳縣知縣，有強項聲。

肅之愛才多此類。如陳孚恩、匡源、焦佑瀛、黃宗漢等，皆肅所舉也。而獨不喜滿人，常謂滿人糊塗不通，不能為國家出力，惟知要錢耳。故其待滿人，不如其待漢人之厚，滿人深惡之。

及文宗崩，穆宗幼，那拉后名位又卑，肅常藐視之。言者論其有窺竊大位之志，非無因也。肅隨文宗之幸熱河也，常戲坐寶位，謂人曰：「似否？」那拉后甚忌之。

肅每晨未起，坐帳中，即飲人參汁一杯，有小內侍專司其事。杯為和闐羊脂玉所製，文宗賜也。一日，小內侍誤碎之，大懼欲逃，有老監某教之求陳尚書緩頰。陳尚書即孚恩，與肅最莫逆者也。孚恩授以計而去。小內侍歸，黏以膠，次晨仍貯參汁以進。甫揭帳，即驚呼仆地而擲杯焉，肅怪之。對曰：「適見爺兩鼻孔中有黃氣二，如龍狀，長五六尺，故不覺駭而碎杯也。」因請死。肅曰：「速起，毋妄語，何懼為？」竟不問碎杯事。肅自是隱然以為有天命焉。

故文宗晏駕，肅命改元為祺祥。穆宗立，始定同治年號。其舉動之躁妄如此。肅之臨刑也，穢語詈那拉后，劊子以刀築其口，齒舌皆糜，猶噴血有詈焉。自是朝中大治肅覺，凡為所賞者，皆禁錮終身，然皆有文武才者也。

相傳肅之生也，有冤業焉。肅為鄭親王烏爾棍布之孽子，母回女也。

先是，王下朝，途見一女甚美，命心腹包衣趙姓者往探之，欲購為妾，乃知女幼已字人，家粗給，無與人為妾之理。王大懊喪，必欲致之，多金非所吝。趙請緩圖，王不許，予三月限。趙於是偽為革退者，卜居於女之鄰，與女父締交，時助其緩急，誼若管鮑，女父母皆感之，然於女仍無術以致之也。期已迫，王忽奉旨管步軍統領事，受事三日，有以獲盜解署者。趙大喜，得計，賄盜使言回回為窩主，於是女父與諸盜駢斬於市。趙厚為之斂，且周恤其母女，又使人偽為女父貸券，登門追索，趙又為清償，於是母女感之次骨。趙又陰使惡少時登門調女，又陰使人誣其不貞於婿家。婿乃退婚，而母女益大困，商於趙，趙曰：「何不進女於王，不但母女得所，且可享富貴，計莫此之善也。」乃飾女以進，王大喜，重賞趙。次年即生肅順。未幾，王患頸疽而死，如斬然，俗呼落頭疽也。使劊子縫其項，乃能殮。蓋京師惟劊子擅此技也。可異者，趙亦患頸疽而死，以至於肅順之斬，論者以為有天道焉。吁！異矣。

保全左、曾及舉張忠武、聘高碧湄、碎玉杯等事皆炳半聾為予言。其父誘買回女事，聞之江寧鄭受之部郎，轉聞之肅邸中者。

楊查孽緣

楊鼎來，字小匡，淮安山陽人。才子也，兼精拳勇，能百人敵。幼隨其父蘇州校官任。署鄰查姓者，浙江海鹽巨族，與校官至交，眷屬相往來。有女幼而有才，嘗來署與楊同嬉遊，兩小固無猜也。楊能詩，女亦能詩，唱酬無虛日。

楊固未聘婦，而女則已字吳縣潘祖同矣，雖彼此有情，格於禮法，不能通婚媾。祖同父侍郎曾瑩在籍時，楊曾受業門下，及弱冠，娶彭氏，時為京官，楊走京師就婚，遂館於潘氏。時女已出嫁，祖同亦入翰林。咸豐己未，楊中順天副榜，已與女通。至甲子，又中鄉舉。其年祖同因事革職遣戍，兄祖蔭又由侍郎降編修，驟失勢，楊遂無所顧忌。

然其師曾瑩固在也，以侍郎退休，就養於京。一日，見楊與女唱和詩，語多狎褻，逐楊出。次年，楊會試不第，竟夤夜逾牆入潘宅，負女遁。潘氏聘拳師五人，使於中途殺之。追至楊柳青，見楊與女疊騎而馳，五人皆敗而還，楊遂安然歸故鄉矣。

於是潘氏父子遍告同鄉故舊，聞者皆惡之。朝臣相戒，如會試得楊卷，即抽換，不使淫凶得志也。

無何，楊竟於同治戊辰復入京就試，及拆彌封，楊名在第九，已進呈御覽，不能易。遂更相戒於殿試時抑之。楊素工書，師米襄陽，人皆識之，至是楊變作率更體，眾果不察，進呈前十本，楊之卷又在焉。朝考時始抑入三等，猶得用主事，分工部。

楊自知不容於清議，不復作春明之夢，遂歸，築精室於淮之河下，與女居，日相唱和，享閨房之樂二十餘年，授徒以終。淮之人呼女為湯夫人，蓋合其二夫之姓之半而謔之也。楊自書楹帖榜其門曰：「文章有價，陰騭無憑。」

女先楊數月死，楊挽以聯云：「前世孽緣今世了，他生未卜此生休。」能於無可著筆之中，曲曲傳出心事，可謂才人之筆。淮之人述女贈楊會試送行詩云：「淮水清清河水渾，安排行李送王孫。明年三月桃花浪，君唱傳臚妾倚門。」風致甚佳，然含蕩意，一望而知非貞婦也。

嗟乎！人禽之界，一念之間耳。楊具文武才，使其發乎情止乎禮義，則儒林也，名相也，大將也，楊皆優為之；乃一念之差，縱慾敗度，遂入於衣冠禽獸之途，而不可救藥，吾甚為楊惜也。聞女並不美，且面有痘瘢，惟多才耳。

自楊中會試後，朝中大老主會試者，得淮安卷輒擯之，如是者幾二十年，以為淮之士人皆如楊也。有吉元者，亦山陽名下士，坐是困春明終其身，恨楊次骨。楊為山陽世家，五世皆進士，亦難得也，然至楊斬矣。楊妻彭氏，與所歡查氏各生一子，皆不能繼楊業。聞之泗州祁頌芸云。

神經病能前知

揚州謝夢漁侍御，清道光三十年庚戌科一甲三名及第，書法甚劣，二甲且不能望，竟問鼎焉。蓋是年殿試之日，猶在宣宗大行百日內也。士子皆素服入試，於策中照例擡寫處，多未留意。惟謝卷遇擡寫皇上陛下之上，必加「當今」二字，通場所無。諸大臣以為得竅，擬置狀頭，以字太劣，置第三，京師人呼為兩字探花。惜仕途蹭蹬，終於御史而已。

謝之為人無可議，惟似有神經病，多作可解不可解語，往往能前知。

嘗一日謁一宗室，其人並非顯者，坐甫定，閽人進言青麟傳到，宗室立命之入，謝意青乃侍郎，且翰林前輩，彼豈能傳之，或另一人耳。及入，則即侍郎而前輩也，惶悚避席。

宗室曰：「彼在我處無座位，爾不必謙。」即回顧青麟，聲色俱厲，大加申斥而去。謝出謂人曰：「我觀青老前輩，將不得其死。」人曰：「青久蒙簡在，即將外任封圻矣。」謝曰：「放出去，更不得其死，不如死於旗主之逼，猶不害人。」眾以謝囈語也，置之。未幾青果得湖北巡撫，以粵逆陷城失守，伏法。謝之言竟驗。

咸豐壬子科順天鄉試，四月考差，謝不赴，人勸之，謝曰：「我一生無差運，故不考。」至秋，同鄉京官宴士子於會館，甫入坐，空中有鴉飛鳴一聲而去，謝瞿然驚曰：「今科我場只中一人，可惜可惜。」人又以為囈語也。及榜發，果中方鼎銳一人，謝言又驗。

銀臺儀徵胡隆洵之入都也，並行李而無之，投會館，長班以無行囊不納，使之謁值年者取進止。時值年為陳六舟中丞，胡往謁，陳細詢之，知為諸生，遂留宅中，司筆札，試以時藝，則不佳。陳曰：「既欲應試，非用功不可。」於是督課甚嚴，親為改削。

一日，謝至，熟視胡，問陳曰：「此何人？」陳曰：「吾鄉應試者，然不能望中也。」示以胡文，謝曰：「此可中矣，在他人固無望，然在胡不必佳也，爾以為必佳文方中乎？」相與拊掌。及謝出，陳謂人曰：「謝老前輩戲言也，不可為後生法。」是年為同治改元壬戌恩科，秋闈，胡報捷矣。胡於是意得志滿，終日應酬奔走，無暇伏案，陳督責之，亦不聽。

逮癸亥會試，首題為〈大畏民志此謂知本〉，懷寧楊禮南學士為同考官，已撤堂矣，同考中有孫觀者，與楊同鄉至好，得一佳卷，欲補薦，挽楊為伴。楊不得已，隨手取一落卷，加一遊批陪孫上堂，孰知孫薦被擯，楊薦竟入彀，即胡卷也。照例於放榜後，各房考先自磨勘一次，楊勘至胡卷，大駭，惶愧萬狀，隨呼奈何！人問之，閱其中二比起句，皆不覺大笑。蓋出比起句曰：「蓋在夫子。」對比曰：「而在民也。」又無法為之改削，惟不刻入同門錄而已。胡以為我亦送板價與老師，而不刻我文，是輕我也，從此師生無感情焉。胡用主事分吏部，後升至通政司參議而終。謝之言又驗。

謝居京三十年，宴客之事寥寥焉。將歿之前一月，忽折簡遍邀同年同鄉至好者，大宴於松筠巷，即楊忠愍公祠堂也。眾異之，屆期往，則十餘席珍饈羅列矣。皆請曰：「公今日何事盛設？」謝曰：「我將與諸君永別，不得不痛飲一回以當離筵也。」眾笑曰：「公何以知之？」謝指忠愍神主曰：「此我故人也，昨夜入夢相告，故知我辭世不遠耳。」皆囅然盡歡而散。果不一月而訃至。

謝歿後，囊槖蕭條，老妻以哭子早喪，侍御有子，於粵寇陷揚州時，乳母攜之逃，遂相失。謝屬纊時，謂所親曰：「他年吾子來京，望諸公善視之。」眾唯唯，然皆知其無子也。及歿年餘，忽有老嫗攜童子來京，遍叩同鄉之門，謂是謝子，述避寇年月甚悉，以久不得主人消息，故未來，今聞人言主人在京，不料子來而主人死，並言謝家事甚悉，遂醵金教養之。及長，屢應試不售，就館職，得知縣，歷任順天繁劇，有能聲，宦槖甚豐，以道員卒於京，即謝星庵也。

吁，異哉！論謝之品學，皆為人所稱許，獨其有先見之明，而故作不倫不類語出之，豈悟道者耶？抑其人果如佛家所云有來歷者耶？予在京，歷聞揚州人云，遂拉雜記之於此。

貴女殺親夫

榕興，字吉孫，滿州人，江蘇候補知府也，年三十一。妻為前清兵部尚書鐵良之姪女，年二十九。榕需次蘇州時，納一妾，極寵之，因是不與妻共枕席者五年。

光緒三十四年春，奉委荷花池釐差，局在北岸瀕江，屬鎮江境，乃攜家居差次。有薦司事與榕者曰周鳳魁，無錫人。少年美丰姿，善修飾。五月始至，未浹旬即與榕妻通。榕知之，懾於閫威，不敢言，忿而致疾，宿於外寢。

榕有一子，妻出也，已六歲，將拜周為假父，擇期六月二十六日設宴稱賀。先期妻謂榕曰：「二十六日將大治具，汝能稍飲一杯否？」榕不答。

至二十四日，榕覺疾甚，如瘧狀。

次晨，妻忽造榻慇懃慰問，並勸之食。榕夫婦積不能已五年之久，至是人皆異之。是日慰問至八九次，至黃昏，又手粥一甌，力勸加餐。榕不忍卻，遂啜之。未三更死矣，七竅皆有血，舌紫黑。醫者以銀針探其喉，作黑綠色，皆知其中毒也。走告妻，妻若不經意者，猶手風琴而歌，周坐其旁，稚子倚周膝而嬉。妾聞之，奔至榕寢，撫屍大慟，為之洗滌血污，手自含殮。而二十六開筵拜假父之舉不成矣。

合局之人大動公憤，誘周至江南岸而痛撻之，並勒其供狀，歷述通姦謀斃始末。有高姓者，北人也，性愚直，將執狀控於官，尼之者謂不合法律而止。當道又礙於鐵良，不欲彰貴家之穢，僅遣人送其子與榕櫬回旗，即周鳳魁亦幸逃法網焉。

噫！大員之妻謀斃親夫，若斃一犬然，誠世界罕見之事也。清律，凡捉姦者，必於姦所雙執之，又必其本夫或其父母始可，即翁與伯叔兄弟皆不得而捉之也。又曰，指姦勿論，以其非親見於姦所也。若外人告姦者有禁，恐其妒姦或誣姦也，此高姓之控所以不合法律也。

名士遇鬼

朱銘盤，字曼君，江蘇泰興人。記誦淵雅，文詞典贍。光緒癸巳舉孝廉。瑞安黃漱蘭學士督學江蘇時，拔高才生，肄業南青書院。

廬江吳武壯長慶聞其名，聘為軍中記室，與今張季直殿撰同掌機要，武壯賓師之，不以屬吏待也。

會武壯卒，所部有欠餉未放者，朱代領萬金舁至舟，待發矣。蓋朱又為駐旅順淮軍將領張某所聘，亦武壯舊部也。盜偵知之，亦附其所乘之輪船而行，見其舁銀至家，遂往約他盜夜劫之，不知朱舁至家後，忽轉念不如舁往軍中為妥，盜不知也。至夜，盜十餘人破扉入，覓銀無有，詢朱，朱曰：「此軍餉也，已舁至營矣。」一盜將刃之，前隨之盜曰：「不可，我輩與朱某無仇，何必血刃。」遂劫其衣物少許而去。次晨即報張緝之，獲七人，前隨之盜亦在其中，蓋亦武壯革退之兵也。盜直陳不諱，並云：「我輩忌空過，故劫其少許物，計不值百金，無死法也，且我尚有德於爾，爾亦當以德報。」張回顧朱曰：「如何？」朱曰：「爾按軍法辦理可也，何必問。」張不得已，駢斬之。

未幾，朱妾生子，彌月之期，大開湯餅宴，賓眾雜沓，朱抱子出示眾賓，時朱年已逾四十始得子也。抱而入，甫至廳事後，忽聞朱狂呼曰：「勿傷吾兒！」旋聞兒亦狂啼一聲，戛然而止。眾趨入視，朱僵於地，兩目直視，歷敘殺盜事，又云：「我錯我錯，乞恕我子。」須臾氣絕。更視其子亦死矣。此甲午冬月事。

予時客煙臺東海關道劉薌林觀察署中，有友人自旅順來言如此，皆以為盜索命云。觀此與王萬青二事，中國豈果有鬼神哉？所以近年西人之講哲學者亦皆主靈魂之說也。

猴怪報怨

前清光緒季年，直隸鹽山縣令史某，杭之錢塘人，無錫王壯武公之孫婿也。署中庖人楊大者，有童養媳年十五矣，尚未成婚。忽一日，覺有人與同臥，始尚隱約，繼更近昵，詢其何氏，答曰：「我侯氏女銀針也。汝三世前邵姓，為錢塘令。我其時亦士人女，因見惡於賣花媼，彼遂誣予不貞。婿家聞之，遽退婚。父不服，訴之官。官受媼賄，誣予非貞體，予遂自盡。此雍正間事。予死後，閻羅憫予屈死，命轉世為男子，富且貴。予不願，但思報仇。閻君謂：『邵令已墮畜生道。爾恨亦可泄矣，不如轉世為佳也。』乃投生中州貴人家為人。既長，迷失本性，無惡不作，及壯而夭。閻君怒，謂亦當墮畜生道。予大哭，但求復仇，遂轉世為猴女，猴父母皆修煉成道去。予同胞尚有一弟一妹皆能修煉，先予得屍解，惟予以心懷復仇故，道念不及弟妹之堅，遲之數十年，亦得屍解。遍覓仇人，知爾今生為楊氏婦，故來覓爾。然吾母與妹皆常來防守，不令我索爾命，以為冤宜解不宜結也。」

自是附婦體不去，闔署之人皆昵之，令之女兒輩呼之為銀針姊，幼者姑之。與人接談，恭而有禮。母與妹亦時附婦而言，獨銀針有時作空中笑語聲也。令之諸女有欲見其面者，女曰：「我一猴耳，何足觀？」再三請，女曰：「無已，可於帷後觀予足可也。」則見一足弓鞋窄小如菱，履製亦精美，一足則大如蓮船盈尺，皆哄堂大笑。

壯武之孫名恕字心如者，藎臣同守之第三子也，時在署，女亦常與款洽，一日恕問女曰：「爾母爾妹則常來，爾弟何不來？」女曰：「但聞其轉世為大貴人，今在湖廣大衙門。亦不知湖廣為何地也。」問姓名，曰：「不知，但知其為湖廣最大之官耳。」忽一日戲謂恕曰：「三舅老爺，我為爾妾何如？」恕笑曰：「我不慣看猴子面目。」女曰：「我能變形也，然亦只能變一小時耳，不能久也。」

楊大夫婦敬之如神明，稱為仙姑。今有小奚奴謂楊曰：「一猴怪耳，何足畏？爾俟其空中發聲時，循其聲抵於壁，我以棍擊之，可使其現形也。」語未畢，忽自批其頰無數，且自投曰：「爾以後再敢狂言否？」奚奴大懼，跪而哀告乃已。如是者五年而去，並不為婦禍，惟婦體羸瘠耳。女作杭音，聲直而粗，其母妹皆然。此心如為人言，蓋於鹽山署中親見之者。

據女言，則人云張文襄前身為猴，非虛言矣。文襄之貌似猴，飲食男女之性無不似猴者，亦奇人也。予所紀不載虛渺神怪之跡，惟此乃近年事，且王君兄弟所目擊，言之鑿鑿，當非妄語，故記之，此吳騫《傳信錄》例也。

前世冤鬼

葉伯庚，江寧廩生也，頗有文名。

光緒二十三年丁酉，各省鄉試之年也。其秋，葉忽病，旬日不醒，嘗喃喃自語，作湖北鄉音。人問之，答曰：「我周呂氏鬼魂也，嫁周鳳奎為妾。道光中，周以甲榜為福建閩縣令，因口舌細故，忿而縊於鳳凰山之銀杏樹下，山即在縣署後。周知之，不使斂，致屍飽虎狼。周轉世為葉，今科將中江南第四名舉人，予得請於帝而索命焉。」

一家大恐，許度脫。鬼曰：「我亦不能遽斃之，緣渠曾辦賑飢事有微勞，上帝亦許貸其死，惟不使之入場耳。」家人環求不已。鬼又曰：「祀我，並使某高僧誦《楞嚴經》千遍，則我去矣。」

如其言，至八月八日貢院封門，而葉病癒。訪之閩人，果有閩縣令周鳳奎其人者。適年為光緒二十四年，葉摒擋入閩，訪詢周呂氏事，竟無人知。至鳳凰山，果有銀杏樹，百年外物也，於其地招魂立塚而歸。

其時余在金陵，葉親為人言。此事甚可怪，葉不致造言以自污也。

鬼捉酷吏

時乃風，字薌卿，浙江仁和人，江蘇候補知府也，管閔行鎮釐稅。會幫辦委員倪祖謙家被盜，鳴官捕數人，內有護卡炮艇勇丁焉。艇有哨弁，素與時有隙，時遂誣以坐地分贓，言於撫院巡捕官申保齡，申白巡撫吳元炳，遂駢斬之。

未幾，申權吳江知縣，甫匝月而病，病中喃喃辯殺盜事，遂死。死後數日，時又權松江知府，甫三日，一日送客出廳事，杭聲大言，若對客狀，僕以客去告，則大怒曰：「我正與申大令言，何相混也。」俄頃面目慘變，自投無數而死。此同治戊辰、己巳間事也。

石埭徐子靜言。

翰林不識字

自科舉廢倡言新學，凡留學日本三年畢業歸國者，送部應廷試，或賞翰林，或進士，或舉人，皆出於一榜焉。此從來科名未有之變局也。

光緒末年，有粵人某廷試得翰林，呼何秋輦中丞為「秋輦」，讀「奸宄」之「宄」為「究」。予初以為言者過甚耳，迨指其人而實之，始知不謬。

吁！此亦國之妖異也，安得不亡哉！

妖狐為祟

同治季年，蕪湖有釐卡委員俞某者，浙人而北籍也。婦為狐所憑，夫入房，輒有物擊之，遂不敢近。

在蕪湖時，一日清晨，有僕婦入房灑掃，忽見一壯年男子，冠白氈冠，衣灰色繭綢袍，腰繫大綠皮煙荷包，坐主婦牀上。大駭，欲詢，轉眼即不見。俞自北南來，此狐即隨之而至，歷有年所矣。婦日漸枯瘠，遂死。俞亦無子。

予其時亦在蕪湖，一時喧傳，以為怪事。

方某遇狐仙事

道光間方某，皖人，寒士也，入都應鄉試，館某旗員家。書室在花園中，園故空曠，僅一館童作伴而已。

一日，月下，方仰天長歎曰：「家無儋儲，功名未遂。昨有家信來告匱，奈何？」忽空中有答者曰：「公富貴中人也，何憂貧？公無患家計，我已為公備銀二十兩為家用，明日封寄可也。」方大駭，不敢應，遂歸寢。次晨，見案上封裹宛然。視之，銀也，權之，得二十兩，大喜，遂寄家焉。晚坐月下，望空稱謝。又聞人語曰：「公長者，願與公為世外交，可乎？」方曰：「可。」叩其姓名，曰：「胡某，為大內管庫職司也。」

是年，方捷順天，胡又為摒擋一切，費不貲，方深感之。次年會試後，遂移居試館，不復館旗員家矣。及聯捷，又助之，且時來與方談論今古，頗淹洽。惟不見形耳，方頗以不得一面為恨。胡曰：「無見面緣也。」方固請，胡曰：「不得已，可於某日午後俟我。」

屆期，戒閽者：「凡有客來皆辭謝，以為今日可以見我良友矣。」至午後，忽座師傳喚，命即至，方大恨，然座師命不敢違，怏怏行。甫出門，胡即來，投刺而去。至晚方歸，僕曰：「午後有一人白而頎，四品冠服來拜，素不相識也。」方頷之。至夜，胡至，謂之曰：「如何？我固謂無見面緣也。」久之，胡忽語方曰：「我輩交誼可謂厚矣，欲附為婚姻可乎？家有弱妹，貌頗不惡，堪備箕帚。」方曰：「我有婦矣，胡可者？」胡曰：「不妨，我輩世外人，不爭名分，公即妾之可也。」方曰：「容徐議之。」

次日，方出門後，有一李姓來拜，歸視名刺，不識也。至夜，聞空中有聲，非胡聲也。

問為誰，答曰：「即日間奉拜之李某也。某亦狐而仙者，久欲奉教，未敢唐突。今聞胡某欲以妹許公，明知交淺言深，公未必信。然視公之危而不救，實不忍。胡妹雖美，而淫蕩，已蠱死多人矣。公奈何墮其術中，不如設詞拒之為是。」方大驚謝。

翌日，胡又至，申前說，方絕之，胡詰其故，方曰：「我雖貧，究人類也，豈可與君輩為偶。」胡大怒曰：「相交許久，猶以我為畜類耶？」作恨恨聲而去。

自是，遂日作祟無虛日，或食物中置糞穢，或衣服無故自焚，或朋友求書之件污以墨水，種種惡作劇，不堪其擾。方恨之而無如何。

李又至，教之曰：「爾第焚疏於前門關帝廟，彼自懼而不敢祟矣。」方如言。至夜，夢一三十許方面壯夫，鋃鐺被體，戟指向方曰：「爾受李某讒，控我於神。我待爾不薄，計我所毀爾之物，尚不敵贈爾十之一，爾何忍乃爾！爾知李某為何如人，大內庫掌我為正，李為副，李久欲謀我缺，不得隙，今遇爾，亦天也。我不過發配陝西三年耳，三年後公亦須來京考散館矣。黃河岸邊相見可也！」方醒而大懼，請假歸，終身不復入京，此即方朝覲之父也。

聞朝覲會試後，夢一人，自稱：「胡某，與爾父相善，因爾父信讒，致我得罪充徒三年，今歸仍復舊職。聞爾能繼父志甚喜，然爾命中無進士也，何必跋涉哉！」方夢中大哭，求轉圜。胡曰：「無已，以壽算準折或可。爾具一疏焚於前門關帝廟，我再於冥冥中為爾謀之，惟中後即不永年，勿悔也。」朝覲允之，故殿試後未匝月即死也。

朝覲為光稷甫侍御姊夫，於方父子事言之甚詳。予至京，主其家，茶餘飯罷，輒以為談資也。此豈中國人迷信之故哉！然而其事甚確，非空中樓閣也。

血歷史104 PC0701

新銳文創
INDEPENDENT & UNIQUE

清朝社會的面影：
清代野記

原　　著　張祖翼
主　　編　蔡登山
責任編輯　劉亦宸
圖文排版　周好靜
封面設計　葉力安

出版策劃　新銳文創
發 行 人　宋政坤
法律顧問　毛國樑　律師
製作發行　秀威資訊科技股份有限公司
114 台北市內湖區瑞光路76巷65號1樓
電話：+886-2-2796-3638　傳真：+886-2-2796-1377
服務信箱：service@showwe.com.tw
http://www.showwe.com.tw
郵政劃撥　19563868　戶名：秀威資訊科技股份有限公司
展售門市　國家書店【松江門市】
104 台北市中山區松江路209號1樓
電話：+886-2-2518-0207　傳真：+886-2-2518-0778
網路訂購　秀威網路書店：http://store.showwe.tw
國家網路書店：http://www.govbooks.com.tw

出版日期　2018年1月　BOD一版
定　　價　290元

國家圖書館出版品預行編目

清朝社會的面影：清代野記 / 張祖翼原著；蔡
登山主編. -- 一版. -- 臺北市：新銳文創,
2018.01
面； 公分. -- (血歷史；104)
BOD版
ISBN 978-986-95452-9-7(平裝)

857.27 106023224

讀者回函卡

感謝您購買本書，為提升服務品質，請填妥以下資料，將讀者回函卡直接寄回或傳真本公司，收到您的寶貴意見後，我們會收藏記錄及檢討，謝謝！如您需要了解本公司最新出版書目、購書優惠或企劃活動，歡迎您上網查詢或下載相關資料：http:// www.showwe.com.tw

您購買的書名：________________________________

出生日期：________年________月________日

學歷：□高中（含）以下　□大專　□研究所（含）以上

職業：□製造業　□金融業　□資訊業　□軍警　□傳播業　□自由業
　　　□服務業　□公務員　□教職　□學生　□家管　□其它_____

購書地點：□網路書店　□實體書店　□書展　□郵購　□贈閱　□其他

您從何得知本書的消息？

□網路書店　□實體書店　□網路搜尋　□電子報　□書訊　□雜誌
□傳播媒體　□親友推薦　□網站推薦　□部落格　□其他__________

您對本書的評價：（請填代號　1.非常滿意　2.滿意　3.尚可　4.再改進）

封面設計____　版面編排____　內容____　文／譯筆____　價格____

讀完書後您覺得：

□很有收穫　□有收穫　□收穫不多　□沒收穫

對我們的建議：________________________________

____

____

____

請貼
郵票

11466
台北市內湖區瑞光路 76 巷 65 號 1 樓
秀威資訊科技股份有限公司 收
BOD 數位出版事業部

（請沿線對折寄回，謝謝！）

姓　　名：＿＿＿＿＿＿＿＿＿＿ 年齡：＿＿＿＿ 性別：□女　□男

郵遞區號：□□□□□

地　　址：＿＿＿＿＿＿＿＿＿＿＿＿＿＿＿＿＿＿＿＿＿＿＿＿

聯絡電話：(日) ＿＿＿＿＿＿＿＿＿＿ (夜) ＿＿＿＿＿＿＿＿＿＿

E-mail：＿＿＿＿＿＿＿＿＿＿＿＿＿＿＿＿＿＿＿＿＿＿＿＿